Kai und die Weihnachtsdiebe

Robert Brack, Jahrgang 1959, lebt in Hamburg und schreibt (vielfach prämierte) Kriminalromane mit politischem Hintergrund. „Kai und die Weihnachtsdiebe" ist sein erstes Kinderbuch, zu dem es auch schon eine Fortsetzung gibt: „Kai und das Geisterbüro".

**Robert Brack**

# KAI UND DIE WEIHNACHTSDIEBE

Mit Illustrationen von Barbara Scholz

CARLSEN

Für Charlotte,
die mir wertvolle Tipps gegeben hat

MIX
Papier aus verantwortungsvollen Quellen
FSC® C014496

Sonderausgabe
Veröffentlicht im Carlsen Verlag
Oktober 2014
Oktober 2012 (CTB 1187)

Umschlag- und Innenillustrationen: Barbara Scholz
Umschlaggestaltung: formlabor
Corporate Design Taschenbuch: bell étage
Druck und Bindung: GGP Media GmbH, Pößneck
ISBN 978-3-551-31364-5
Printed in Germany

## Erstes Kapitel,

in dem wir Kai als Schmuggler kennenlernen

Ein Junge in einem etwas zu langen Anorak und mit einer sehr großen Brille auf der Nase trat aus dem Laden von Naschi-Paul. In der einen Hand hielt er eine große Papiertüte, in der anderen eine Pudelmütze. Kleine Schneeflocken trudelten vom Himmel herab und landeten auf seinem wirren blonden Haarschopf. Er versuchte die Mütze mit der freien Hand über den Kopf zu ziehen, aber das ging nicht. Ein Mädchen schaute ihm von der anderen Straßenseite aus zu, als er es noch mal probierte. Es kicherte.

Manche Mädchen konnten einem wirklich auf die Nerven gehen. Vor allem, wenn sie knapp ein Jahr älter waren als man selbst und sich etwas darauf einbildeten. So wie die Elfjährige da drüben, die sogar bei diesem kalten Wetter einen kurzen Rock trug, mit riesigen Schnürstiefeln, dazu eine pinkfarbene Weste mit weißem Fellkragen. Zornig stopfte der Junge die Tüte in die eine Jackentasche und die Mütze in die andere, hob die Hände an den Mund und rief, so laut er konnte: „Pech gehabt, Anastasia, wer kichert, kriegt nichts!"

Dann wandte er sich ab und watete durch den Schneematsch, bis er vor einer offenen Toreinfahrt ankam. Vorsichtig lugte er um die Ecke. Im Innenhof trottete ein riesiger Bernhardiner herum, blinzelte gelangweilt in den Himmel und kniff ein Auge zu, wenn eine Schneeflocke darin landete. Der Junge pfiff einen leisen hohen Ton und der Bernhardiner erstarrte kurz. Dann lief er wie zufällig zur Toreinfahrt und blieb stehen. Noch immer sah er sehr gelangweilt aus.

„He, Iwan", sagte der Junge, „geheime Kommandosache!" Der Hund gab ein leises Winseln von sich.

„Genau", flüsterte der Junge, „Schmuggelgut von Naschi-Paul. Also los, Iwan!"

Er holte die Tüte aus der Jackentasche, hielt sie dem Hund hin und der nahm sie brav ins Maul.

„Alles wie besprochen, okay?", fragte der Junge und der riesige Hund fiepte zustimmend.

„Auf geht's." Der Junge ging voran durch die Toreinfahrt auf ein altes Fabrikgebäude zu, vorbei an einem niedrigen kleinen Wohnhaus, über dessen Tür ein Schild mit der Aufschrift „Fachbuchhandel für Kriminalisten" hing. Ein Fenster im Erdgeschoss war geöffnet, eine Gardine flatterte im kalten Wind. Der Junge sah nicht hin. Er schaute in den Himmel und tat so, als gäbe es nichts Schöneres als kalte Schneeflocken im Gesicht.

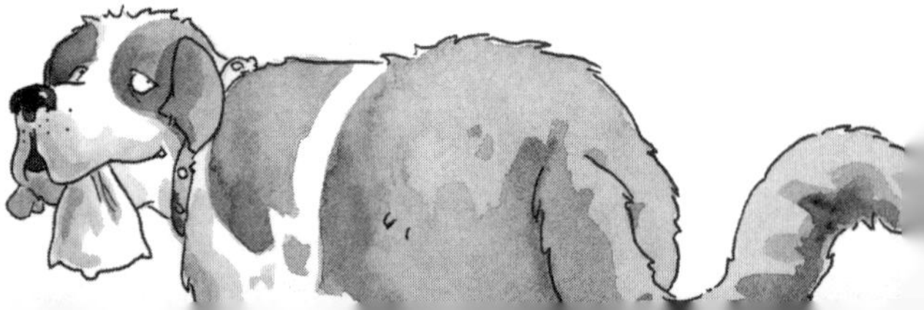

Er war schon fast an dem kleinen Häuschen vorbei, da hörte er eine tiefe Stimme: „Na, Kai, wieder bei Naschi-Paul gewesen?"

Der Junge erstarrte. Der Hund ging seelenruhig weiter. „He, Iwan! Bleib mal stehen!", rief die Stimme.

Der Hund ging trotzdem weiter. Hinter der Gardine erschien das bärtige Gesicht eines älteren Mannes. Er schüttelte den Kopf. „Früher hat er aufs Wort gehorcht."

„Das tut er jetzt immer noch", sagte Kai. „Aber er hört nur noch auf mich. Pass auf: Iwan, bleib stehen!"

Der Hund ging immer noch weiter. „Na", sagte der Alte. „Das klappt wohl auch nicht mehr."

Kai lächelte. Er wusste, dass Iwan brav seinen Auftrag zu Ende führen würde. Iwan war jetzt an einer Tür angelangt, die in das Fabrikgebäude führte, und hielt an.

Der alte Mann lächelte verschmitzt: „Na, hast du mir was mitgebracht?“

Kai kramte in seiner Jackentasche und hielt einen Apfel in die Höhe. Onkel Ernst verzog das Gesicht.

„Oder ...“ Kai kramte in der anderen Tasche und holte eine Handvoll Nüsse heraus.

Der alte Mann runzelte die Stirn.

„Vielleicht das hier?“, fragte Kai und zog eine Orange aus der Hosentasche. Onkel Ernst war noch immer nicht zufrieden. „Na ja“, sagte er. „Ich dachte, du hast vielleicht was Süßes für mich.“

„Aber Onkel Ernst! Der Arzt hat dir doch zuviel Zucker verboten. Und du sollst mehr Obst essen. Hast du selbst gesagt.“ Er hielt eine Banane in die Höhe. „Hier, schenk ich dir.“ Onkel Ernst nahm die Banane und schaute sie unglücklich an.

Ein schriller Pfiff hallte durch die Toreinfahrt, und das Mädchen mit den dünnen Beinen und den großen Stiefeln kam angerannt. Als Iwan es sah, machte er kehrt und trottete zurück. „He, Mister Bond! Warte auf mich!“ Trotz der schweren Stiefel war das Mädchen sehr schnell und blieb atemlos vor ihm stehen.

„Karl Hinrich Muggenthaler!“, sagte der Junge. „Nenn mich gefälligst bei meinem richtigen Namen!“

„Ach komm, Kai, sei doch nicht gleich eingeschnappt“, sagte Anastasia.

„Karl Hinrich Muggenthaler! Sonst bist du die längste Zeit meine Assistentin gewesen.“

„Na gut“, sagte Anastasia, „aber dann musst du mich auch bei meinem vollen Namen nennen.“ Sie streichelte das Fell des Bernhardiners, der sich an sie drängte.

Der Junge rümpfte die Nase. „Mach ich sowieso.“

„Na los!“, forderte Anastasia ihn auf.

Onkel Ernst seufzte laut. Dieses Streitgespräch kannte er. Anastasia behauptete, sie hätte so viele Vornamen, wie es Buchstaben im Alphabet gibt.

Kai fing an: „Anastasia Barbara Celine Diana Elisabeth Flora Gundula Helene … äh … Ilona Julia Katarina Liselotte Margarete … äh, warte mal … Nathalie Odette … Paulina Rosalinde Sofia Tilly Ulla, äh … Vera Walburga Xanthippe Yvonne Z…“

Kai stockte. Wie war noch mal der Name mit Z? Zacharias? Quatsch, das war doch ein Männername …

Anastasia grinste überlegen. „Na?“

„Zichorie!“, stieß Kai hervor.

„Ha!“ rief das Mädchen. „Ganz falsch! Und außerdem schreibt man Wera mit W und Sofia hast du mit f gesprochen, aber bei mir schreibt man Sophia mit ph!“

„Du spinnst ja!“, rief Kai erbost. „Man kann doch ph nicht von f unterscheiden, wenn man spricht!“

„Natürlich kann man das! Sofia mit f ist nämlich die Hauptstadt von Rumänien!“

„Von Bulgarien“, verbesserte Onkel Ernst. Anastasia sah ihn ungnädig an. Kai tippte sich mit dem Zeigefinger an die Stirn: „Wera mit W ist ganz falsch, so heißt nämlich ein Fluss, und der schreibt sich mit zwei r.“

„Da hat er Recht", stimmte Onkel Ernst zu.

Anastasia stampfte mit dem Fuß auf und rief: „Ich bestimme immer noch selbst, wie meine Namen geschrieben werden! Und Zichorie ist bestimmt kein Name, deshalb hast du verloren. Und wenn ich dich Karl Hinrich Muggenthaler nennen soll, dann musst du jetzt die Tüte rausrücken, die du bei Naschi-Paul gekauft hast!"

Kai hob beschwörend beide Hände: „Sei still!"

Onkel Ernst rieb sich erwartungsvoll die Hände. „Eine Tüte von Naschi-Paul?", fragte er. Sein Blick fiel auf Iwan, der treuherzig zwischen den Kindern stand und die Tüte noch immer im Maul hielt.

„Oh", sagte Anastasia, „jetzt habe ich mich wohl verplappert."

„Das könnte man so sagen", stellte Kai fest.

„Da hilft nur eins." Anastasia ging in die Hocke und flüsterte dem Bernhardiner etwas in die wuscheligen Ohren. Der sah mit einem Mal ganz wach aus.

Onkel Ernst merkte, dass etwas im Busch war, und rief: „He! Moment mal!"

Aber da war es schon zu spät. Anastasia sprang auf, stieß einen Pfiff aus und rannte los, gefolgt von Kai und Iwan. Onkel Ernst sah zu, wie die drei lachend (glaubt es oder nicht, aber sogar Iwan lachte!) die Tür des Fabrikgebäudes aufstießen und darin verschwanden.

Schmunzelnd schälte Onkel Ernst seine Banane und biss hinein.

## Zweites Kapitel,

in dem Kai wütend wird, Anastasia sich schuldig bekennt und noch etwas Unglaubliches geschieht

An der grauen Eisentür im zweiten Stock hing ein Schild mit der Aufschrift: „Kai Muggenthaler – Privatdetektiv – Termine nach Vereinbarung“. Kai zog seinen Schlüsselbund an einem verknoteten Polizei-Absperrband aus der Hosentasche. Das gelb-schwarze Plastikband hatte er von Onkel Ernst bekommen. Eine ganze Rolle davon, denn Onkel Ernst war nicht nur Inhaber einer Buchhandlung für kriminalistische Fachbücher, sondern früher selbst einmal Polizist gewesen. Kai hatte ihn als Berater für die Agentur verpflichtet und war stolz darauf, eine echte Fachkraft zu beschäftigen. Manchmal aber wurde Onkel Ernst das Opfer seiner Leidenschaften, so wie eben gerade.

Allerdings war Anastasia da auch keine Ausnahme, sehr zum Kummer von Kai. Kaum waren die drei Freunde ins Vorzimmer des Detektivbüros getreten, blieb er kopfschüttelnd stehen und seufzte laut. Dann sagte er: „Oh nein.“

Anastasia schwieg. Sie wusste, was Kai meinte. In der Mitte des Vorzimmers standen ein Schreibpult mit einer

Schulbank dahinter, an der Wand einige Aktenschränke und um das Pult herum mehrere Stühle. Unordentlich. Das war aber nicht das Problem. Auf den Stühlen, auf dem Boden, auf dem Pult, einfach überall, wo man hinsah, lag Müll: klebrige Tüten mit Gebäckresten, Bonbonpackungen, Pommes-Schälchen, Hamburger-Verpackungen, sogar verklebte Gummibärchen und Kaugummireste auf dem schönen Orientteppich, den Kai seiner Mutter abgeschwatzt hatte.

„Was war denn hier los?", stöhnte er.

„Äh", sagte Anastasia.

Iwan schnüffelte an den Resten einer Currywurst.

Kai legte eine Hand über die Augen.

„Äh", wiederholte Anastasia, die inzwischen vor lauter Verlegenheit ein rotes Gesicht bekommen hatte.

„Wie kannst du mir so etwas antun!", rief Kai und hob die Arme. Das war eine sehr theatralische Geste, die er von seiner Mutter übernommen hatte, die als Schauspielerin arbeitete. Auch den Ausruf hatte er von ihr. So rief sie nämlich immer, wenn er etwas Schlimmes angestellt hatte.

Anastasia holte tief Luft und erklärte: „Wir haben bloß Hausaufgaben gemacht."

„Aha." Kai nickte. „Sachkunde, ja? Thema Müllerzeugung?"

„Mathe", sagte Anastasia. „Und du warst ja nicht da. Deshalb hat's länger gedauert und wir mussten zwischendurch was essen."

„Und ich kann nun mein Büro schließen, wegen Übermüllung!“, rief Kai, immer noch sehr theatralisch.

„Ich räum auf, okay?“, versicherte Anastasia. „Iwan wird mir dabei helfen.“

Tatsächlich hatte der Hund schon angefangen eine halb aufgegessene Bulette zu vertilgen. Kai schüttelte den Kopf. „Iwan verdirbt sich nur den Magen.“

„Aber es ist ungerecht, wenn ich das alles allein aufräumen muss“, beschwerte sich Anastasia.

„Ungerecht? Du hast das doch angerichtet.“

„Aber Lily, Natascha und Mia waren auch dabei … die haben das alles mitgebracht.“

„Eben, du und deine Freundinnen, und deshalb …“

„Aber Iwan kann doch das Papier zum Mülleimer tragen. Ich pass auch auf, dass er nichts frisst.“

„Nein! Iwan kommt mit mir.“ Kai griff nach dem Halsband des Bernhardiners und zog ihn an Anastasias Schreibtisch vorbei zur Tür, die in das hintere Zimmer führte. Dort befand sich sein Büro.

„Mister Bond, du bist ein Tyrann!“, rief Anastasia ihm hinterher.

Kai drehte sich um und nahm die Brille ab, wie es sein Vater tat, wenn er eine wichtige Ansage machen wollte. Kais Vater war Wirtschaftsanwalt und hatte mit bedeutenden, meistens reichen Leuten zu tun. Mit Kindern sprach er genauso wie mit Erwachsenen. „Ich zwinge dich zu nichts“, sagte Kai. „Wenn du lieber kündigen möchtest, dort ist die Tür …“

Als er Anastasias Gesichtsausdruck bemerkte, tat es ihm leid, so geredet zu haben. War doch nicht so gemeint, wollte er schon sagen, aber da ertönte die schrille Büroklingel. Beide zuckten zusammen.

„Wenn das deine Freundinnen sind, können sie dir ja helfen", sagte Kai.

„Die wollten doch ins Kino", sagte Anastasia. „Ich wäre ja auch gern, hab aber mal wieder kein Geld."

„Also Kundschaft!", stellte Kai fest und verzog das Gesicht. „Ausgerechnet jetzt!"

Iwan hob den Kopf. Ein dünner roter Ketschupfaden tropfte aus seiner Schnauze. „Wir tun einfach so, als wären wir nicht da", schlug Anastasia vor.

„Na toll", sagte Kai, „und lassen uns den Auftrag entgehen. Was haben wir denn bisher geleistet: ein verlorenes Fahrrad wiedergefunden, ein geflüchtetes Meerschweinchen gefangen, gestohlene Turnschuhe aus dem Teich im Park gefischt und einen Bonbonklauer überführt. Alles Kinkerlitzchen. Ich will endlich einen richtigen Kriminalfall haben! Los, mach auf!"

Er flitzte in sein Büro. Die Klingel ertönte ein zweites Mal. Anastasia riss die Tür auf und erstarrte. Kai hatte sich neugierig umgedreht und spähte verblüfft durch den Türspalt.

Vor Anastasia stand ein blonder Engel.

„Guten Tag", sagte das Wesen und bewegte sachte die Flügel. „Mein Name ist Michaela Cherubina. Bin ich hier richtig bei Kai Muggenthaler, dem berühmten Detektiv?"

## Drittes Kapitel,

in dem Kai den größten Auftrag übernimmt, den ein Detektiv jemals bekommen hat

Michaela Cherubina sah in ihrem weißen Kleidchen ein bisschen aus wie eine Balletttänzerin, und tatsächlich schien sie auf den Zehenspitzen zu stehen. Oder – zu schweben? Ein Mädchen mit derart golden glänzenden Haaren hatte Kai noch nie gesehen. Es roch nach Zimt.

Anastasia fehlten die Worte. Dann riss sie sich zusammen und stieß hervor: „Sie wünschen bitte?"

„Ich bitte um Entschuldigung", sagte das Mädchen mit den goldenen Haaren. „Ich möchte mit Kai Muggenthaler sprechen." Es versuchte an Anastasia vorbei ins Büro zu spähen, und weil es ihm nicht gelang, streckte es sich, um über sie hinwegzuschauen.

Im Hinterzimmer rieb Kai sich verblüfft die Augen: Der Abstand zwischen ihren Zehenspitzen und dem Fußboden wurde immer größer! Sie schwebte in der Luft! Einfach so, ohne großes Geflatter.

Anastasia reckte sich, um mit der Besucherin auf Augenhöhe zu bleiben. „Ich bin seine Assistentin. Um was geht es denn?", fragte sie.

„Das möchte ich dem berühmten Detektiv lieber persönlich mitteilen", sagte das Mädchen mit den goldenen Haaren und schwebte noch ein bisschen höher.

„Das hier ist das Vorzimmer", sagte Anastasia. „Wenn Sie zu Herrn Muggenthaler wollen, müssen Sie sich zuerst bei mir anmelden."

„Das tat ich doch bereits", sagte das Mädchen.

„Ich muss mir erst Ihre persönlichen Daten notieren. Wenn Sie bitte dort am Schreibpult Platz nehmen möchten." Anastasia deutete auf ihren Arbeitsplatz.

Das Mädchen schwebte über den Müll hinweg und rümpfte die Nase: „Es ist aber nicht sehr sauber hier."

„Ich bin mir ziemlich sicher, dass es da, wo Sie herkommen, eine supertolle Wäscherei gibt", sagte Anastasia, griff nach einem Stuhl und stellte ihn vor ihr Pult.

So machten sie es immer: Wenn Kunden ins Büro kamen – es waren fast immer Kinder –, dann mussten sie ihr Anliegen erst bei Anastasia vorbringen. Wenn sie den Fall interessant genug fand, begleitete sie die Auftraggeber ins Hinterzimmer. Aber erst, nachdem sie ihnen das Versprechen abgenommen hatte, möglichst bald eine Anzahlung abzuliefern – in Form von Süßigkeiten.

Das Mädchen nahm Platz. Allerdings – und das konnte Anastasia nicht sehen – saß es ein Zentimeterchen über der Sitzfläche in der Luft. Kai hielt den Atem an.

Anastasia hob den Pultdeckel und zog einen linierten Block hervor, außerdem einen altertümlichen Federhalter, den sie in das im Pult eingebaute Tintenfass steckte.

Sie legte den Block vor sich hin und rührte mit dem Federhalter im Tintenfass herum. Dann zog sie ihn mit einer heftigen Bewegung heraus, und schon flogen zwei schwarze Tropfen durch die Luft und landeten direkt auf dem weißen Kleid der Besucherin. Hinter der Tür zuckte Kai zusammen. O Mann, war das peinlich!

Anastasia hielt in der Bewegung inne und starrte mit offenem Mund auf das weiße Kleid. Die beiden dicken schwarzen Tropfen verblassten und verschwanden wieder. Ohne Wasser, ohne Seife, ohne Fleckenmittel oder chemische Reinigung. Einfach so. Das Mädchen schien überhaupt nichts bemerkt zu haben oder tat wenigstens so. Anastasias Hand zitterte ein wenig, als sie den Federhalter erneut ins Fass tunkte und nun ganz langsam wieder herausnahm. Vielleicht war es ja doch keine so gute Idee gewesen, dieses Tintenfass zu benutzen, dachte Kai. Als sie das Büro eingerichtet hatten, war er der Meinung gewesen, alte Dinge würden mehr Eindruck machen, weil ja der Detektiv und seine Assistentin ziemlich jung waren.

Anastasia schaute ihr Gegenüber durchdringend an. „Name, Alter, Wohnort und Beruf, bitte“, sagte sie.

„Michaela Cherubina, Alter 777 Jahre, Wohnort Himmelpforten, von Beruf Engel“, sagte die Besucherin, ohne mit der Wimper zu zucken.

Anastasia kniff die Augen zusammen und beugte sich nach vorn. „Soll das ein Künstlername sein?“

„In gewisser Weise ja“, sagte der Engel.

„Na gut.“ Anastasia schrieb den Namen in die dafür

vorgesehene Spalte, „Himmelpforten" in die Spalte „Wohnort" und sah wieder auf: „Um welche Kunst handelt es sich denn, wenn ich fragen darf?"

„Zumeist spiele ich Harfe und singe ein wenig."

„Musikerin also", stellte Anastasia fest und trug es ein. „Und nun teilen Sie mir bitte Ihr Anliegen mit."

„Das tue ich gerne. Wenn Sie mich dann endlich zu Herrn Muggenthaler lassen", sagte Michaela Cherubina.

„Selbstverständlich. Aber wir wollen doch die kostbare Zeit unseres Meisterdetektivs nicht unnötig in Anspruch nehmen, nicht wahr?", sagte Anastasia.

„Ich will mich also kurzfassen", sagte Michaela Cherubina. „Es geht um Weihnachten."

„Hmhm." Anastasia schrieb in die Spalte „Betreff" das Wort „Weihnachten". „Wo liegt das Problem?"

Michaela Cherubina sah jetzt sehr bekümmert aus: „Haben Sie es denn noch nicht bemerkt? Die Adventszeit hat doch schon begonnen!"

„Weihnachten interessiert mich erst, wenn ich die Geschenke auspacken darf", sagte Anastasia.

„Dazu wird es diesmal wohl nicht kommen."

„Was soll das heißen?"

„Keine Geschenke", sagte Michaela Cherubina.

Anastasia sprang auf. „Moment mal!", rief sie wütend. „Das finde ich aber gar nicht witzig. Wenn du dich über jemanden lustig machen willst, dann such dir eine andere!"

Die Besucherin war auf einmal ganz aufgeregt. Ihre

Flügel flatterten, als sie aufstand und einen bittenden Gesichtsausdruck aufsetzte: „Sie missverstehen mich, Fräulein Buchsbaum, ich brauche Ihre Hilfe …"

Anastasias Nachnamen zu benutzen war keine gute Idee. Den mochte sie nämlich überhaupt nicht. „Fräulein Buchsbaum? Woher weißt du denn, wie ich heiße?"

„Wir wissen doch alles …"

„Was heißt denn wir, und was soll das hier?", rief Anastasia. Kai fand, es sei an der Zeit einzugreifen. Er verließ seinen Beobachtungsposten hinter der Tür und eilte in den Vorraum.

„Das … das ist schwer zu … sagen", stotterte Michaela Cherubina.

Anastasia drehte sich um, als sie Kais Schritte hörte: „Unglaublich!", empörte sie sich. „Ich schmeiß diese Karnevalsfee jetzt raus!"

„Warten Sie!" Die Besucherin hielt plötzlich etwas Glänzendes in der Hand. Anastasia schüttelte den Kopf: „Nein danke, ich mag keine Schokolade."

Mit bittendem Gesichtsausdruck wandte Michaela Cherubina sich an Kai.

Der nahm das Ding entgegen, das aussah wie eine kleine Schokoladentafel. Es war aus Metall, goldglänzendem Metall.

Keine Schrift. „Was ist das denn?", fragte er.

„Die Visitenkarte meines Chefs", sagte Michaela leise. „Man muss sie so ein bisschen hin und her bewegen."

„Ein Wackelbild", kicherte Anastasia.

„Sei still, Anna", sagte Kai. „Das ist ein Hologramm. Aber ich sehe nur das Gesicht eines bärtigen alten Mannes."

„Das ist er", flüsterte der Engel ehrfürchtig.

„Also jetzt bitte noch mal von vorn", forderte Kai sie auf. „Was ist das für ein Auftrag?"

„Bist du Kai Muggenthaler?" Michaela schaute ihn ungläubig an.

„Ja. Und in meinem Köpfchen ist wesentlich mehr drin, als es von außen den Anschein hat. Um was geht es denn nun?"

„Um Weihnachten." Michaela sah ängstlich zu Anastasia hin.

„Und was ist mit Weihnachten?"

„Es wird in diesem Jahr vielleicht nicht stattfinden."

„Warum das?"

„Weil alle Dinge, die mit Weihnachten zu tun haben, verschwinden." Michaela schaute die beiden verwirrt an: „Habt ihr das denn noch nicht bemerkt?"

„Quatsch mit Soße." Anastasia schüttelte den Kopf.

„Wenn ich dich richtig verstehe, soll ich Weihnachten retten?", fragte Kai interessiert.

Michaela nickte.

„Aha! Gehen wir also in mein Büro“, sagte Kai und führte seine Besucherin ins Hinterzimmer. Es war ganz leicht, denn sie schwebte immer noch über dem Boden.

Anastasia sah den beiden nach. Kaum war die Tür zugefallen, drehte sie sich zu Iwan um und stieß empört hervor: „Hast du das gesehen? Eine Hochstaplerin ist das! Und Kai fällt natürlich auf sie rein!“

Iwan schwieg. Er hatte es sich zwischen dem Fastfood-Müll gemütlich gemacht und schnarchte leise vor sich hin.

**Viertes Kapitel,**

in dem Kai sich gezwungen sieht, ein dringendes Geschäftsessen zu veranstalten

Etwa eine Stunde später schloss Kai die Tür des Fabrikgebäudes ab und wunderte sich über die unglaublich dicken Schneeflocken, die vom Himmel fielen. Man hätte glauben können, da oben im Himmel sei ein Lastwagen mit einer Ladung Watte umgekippt.

Unter Kais Füßen knirschte es, denn der Matsch war gefroren. Den Winter haben sie jedenfalls noch nicht geklaut, stellte er beruhigt fest.

Anastasia hatte sich schon davongemacht, weil sie ihre Freundinnen noch treffen wollte. „Das ist jetzt wichtiger als dieser Unsinn, den dir die Schnepfe da eingeredet hat", hatte sie zum Abschied gesagt.

Vielleicht war die Geschichte, die der angebliche Engel ihm erzählt hatte, ja wirklich nur erfunden. Konnte ja sein, dass jemand ihn reinlegen wollte. Gestohlene Weihnacht? Das klang ziemlich blödsinnig, oder? Gern hätte Kai jetzt mit Onkel Ernst gesprochen, aber dessen Fenster war verschlossen, und das bedeutete, dass er in Ruhe gelassen werden wollte.

War Michaela Cherubina eine Hochstaplerin? Überall, so hatte sie behauptet, würden Sachen verschwinden, die mit Weihnachten zu tun hatten: Dekoration, Kerzen, Adventskränze, Weihnachtsmänner aus Schokolade, Christbäume, Baumschmuck und so weiter.

„Das ist eine ganz schlimme Verschwörung!“, hatte der blonde Engel erklärt. „Wenn es so weitergeht, wird Weihnachten in diesem Jahr nicht stattfinden können.“

Kai war bislang noch nicht aufgefallen, dass irgendwas fehlte. Aber jetzt kam er an der Einkaufsstraße seines Viertels vorbei und stutzte: Das Schaufenster von „Rothmanns Spielwaren“ war leer. Komisch. Gestern hatte er noch die hübsche Schneelandschaft mit Weihnachtsmann, Rentieren und Schlitten betrachtet, alles aus Legosteinen gebaut, und nun war sie weg. Die Vitrine war leer.

Vielleicht sollte man mal nachfragen, was passiert war? Kai ging zur Ladentür und wollte sie aufschieben, aber sie war verschlossen. Da bemerkte er das handgeschriebene Schild: „Wegen Umbau heute geschlossen.“

Na also, nur keine Panik, es wird umdekoriert. Vielleicht bauen sie ja eine neue Auslage, sagte sich Kai: Solange die Lichterketten mit den Sternen noch über der Fußgängerzone hängen, ist Weihnachten nicht verloren. Bestimmt wollte diese Michaela ihn nur reinlegen.

Derart in Gedanken versunken stapfte Kai über den knirschenden Untergrund und kam weißgeschneit vor der Villa an, in der er wohnte. In letzter Zeit hatte er manchmal Gewissensbisse, wenn er nach Hause kam, weil er daran denken musste, dass Anastasia es nicht so schön hatte wie er. Sie wohnte in einer engen Wohnung mit vielen Geschwistern, die sich manchmal am Tisch um das Essen balgten und sowieso den ganzen Tag miteinander stritten.

Vielleicht sollte ich sie mal fragen, ob sie bei mir einziehen will, dachte Kai, als er die eiserne Gartentür aufschob und auf das dreistöckige Gebäude zuging. Aber wahrscheinlich würde Anna ihre Familie vermissen, zumindest ihre Eltern. So wie er jetzt seine Eltern vermisste, die zwar ein tolles Haus besaßen, aber fast nie da waren. Kais Vater hatte immer bis spätabends zu tun, und Kais Mutter probte tagsüber und trat abends auf. Sie war immer erst spätnachts wieder zu Hause und musste bis mittags ausschlafen. Wenn Kai nach der Schule heimkam, war sie meistens schon weg. Ziemlich doof, das Ganze. Allerdings konnte Kai sein Detektivbüro in der Fabriketage nur haben, weil sein Vater den Besitzer des leerstehenden Gebäudes beruflich gut kannte.

Die einzige Person, die auf Kai zu Hause wartete, war seine Oma. Sie sorgte sich um ihn. Ja wirklich, sie musste schon am Fenster gewartet haben, denn die Tür ging auf, ohne dass er geklingelt hatte, und Oma rief: „Ach Kai, Junge! Du siehst aus wie ein Schneemann! Warum gehst du denn bei diesem Wetter vor die Tür! Wieso kommst du erst so spät? Wo hast du Iwan gelassen?“

„Cool bleiben, Oma", sagte Kai. „Wenn ich nicht bei diesem Wetter vor die Tür gegangen wäre, wäre ich nicht nach Hause gekommen. Außerdem ist es nicht spät, es wird nur früh dunkel. Wir haben nämlich Dezember. Iwan ist mit Anastasia nach Hause gegangen. Ich musste ihr was Gutes tun, denn sie ist eifersüchtig auf einen Engel. Hab ich jedenfalls bis vorhin gedacht. Obwohl ich mir jetzt auch vorstellen könnte, dass Anna und Michaela unter einer Decke stecken und dass alles nur ein blöder Scherz war …"

„Aber Kai!", rief Oma Muggenthaler aus, „was redest du denn da für wirres Zeug! Du bist sicher ganz durchgefroren. Hast du etwa Fieber?"

„Oma, wenn ich durchgefroren bin, kann ich doch kein Fieber haben."

„Ach, Junge, dass du immer Recht behalten willst … Und das Abendessen ist auch noch nicht fertig … Tritt mir bloß nicht auf den Teppich, den hab ich heute erst sauber gemacht, weil Iwan mit seinen schmutzigen Füßen …"

„Pfoten, Oma, Iwan ist ein Hund und hat Pfoten! Und jetzt lass mich doch endlich mal rein."

„Entschuldige, Junge, natürlich, komm doch", sagte Oma Muggenthaler und zog Kai hinter sich her in die große Diele, von der aus eine Treppe in die oberen Stockwerke führte. „Es ist nur … Ich bin ganz aufgeregt … Den Streelings haben sie den Weihnachtsbaum gestohlen!"

Kai, der sich gerade mühsam aus seinem Anorak schälte und dabei leider nicht vermeiden konnte, dass sehr viel Schnee auf den schönen Teppich fiel und nasse Flecken verursachte, stutzte.

„Jemand hat den Weihnachtsbaum gestohlen?"

„Ja, du kennst doch ihre schöne Nordmanntanne im Vorgarten, die so hoch ist, dass sie beinahe bis zum Dachfirst reicht. Ach, was sage ich denn! Reichte! Sie ist ja nicht mehr da. Man hat sie abgesägt! Und weggetragen! Mitsamt dem schönen Schmuck und allen Lichtern."

„Wann ist denn das passiert?"

„Letzte Nacht. Die Polizei war auch schon da. Grober Unfug, haben sie gesagt. Aber ich sage, das ist schwerer Diebstahl. Ach, herrje, mein Tafelspitz!" Sie drehte sich um und rannte in die Küche, wo es zischte und dampfte.

Kai folgte ihr, blieb in der Tür stehen und sah zu, wie seine Oma mit dem Schürzenzipfel nach dem Topf griff, um sich nicht zu verbrennen.

„Oma, wenn du die Schürze so über die Gasflamme hältst, dann wird sie dir noch mal abbrennen. Nimm lieber einen Topflappen."

„Papperlapapp", sagte Oma Muggenthaler. „Was weißt du denn von Küchenarbeit." Und tatsächlich wirkte es sehr behände und souverän, wie sie sich da an ihren Töpfen zu schaffen machte. „Es darf nur leise köcheln, aber dieser Herd macht einfach, was er will."

Kai trat zu ihr. Er hatte eine Idee. „Sag mal", fragte er. „Reicht das Essen für uns alle?"

„Es ist mehr als genug da", antwortete sie. Es war ihre übliche Antwort, denn sie war stolz darauf, immer reichlich zu kochen, auch wenn Kais Eltern das meiste aufgewärmt zu sich nahmen.

„Dann könnte ich doch meine Assistentin zum Abendessen einladen."

„Wen?"

„Anastasia."

„So spät noch, also ich weiß nicht …"

„Es ist ein dringendes Geschäftsessen, Oma!"

„Ach, Kai, jetzt fängst du schon so an wie dein Vater!"

„Aber ich esse viel lieber bei dir zu Hause als in einem Restaurant – weil's besser schmeckt", sagte Kai und blickte sie treuherzig an.

„Aber das Mädchen soll seine Eltern fragen!"

„Geht klar, Oma. Ich ruf dann gleich mal an."

Anastasia meldete sich glücklicherweise persönlich.

„Hallo, Anna, willst du heute bei mir zu Abend essen? Es ist geschäftlich. Und dringend."

„Was gibt's denn?"

„Tafelspitz."

„Was soll das denn sein?"

„Gekochtes Rindfleisch mit mindestens zwei verschiedenen Soßen, wie ich meine Oma kenne."

„Fleisch mit zwei Soßen? Mann, bei uns gibt's schon wieder vegetarische Tiefkühlpizza mit ekligen labberigen Champignons. Ich bin gleich bei dir!"

„Bring Iwan mit, es ist dienstlich!"

„Ja, ja, geht klar, Tschüs, Bond!"

Kai legte auf. Tschüs, Bond – das sagte sie eigentlich

nur, wenn sie ihm besonders zugetan war. Und das war ein ganz gutes Gefühl, manchmal, zu wissen, dass dieses Mädchen mit den dünnen Beinen und den viel zu großen Stiefeln und dem schlechten Geschmack bei Farbzusammenstellungen ihn mochte.

Anastasia klingelte genau in dem Moment, als Oma sagte: „So, nun ist das Fleisch gar."

Iwan war auch dabei, tapste auf den Teppich in der Diele und schüttelte den Schnee ab. Anastasia benahm sich auch nicht besser. Sie ließ ihre Weste zu Boden fallen und warf die Stiefel in eine Ecke. Dann rannte sie in die Küche. Kai musste die Klamotten aufheben und zur Garderobe bringen – was witzig war, denn für ihn musste Oma das immer machen.

In der Küche setzten sich alle an den großen Tisch, Iwan legte sich darunter, und Oma schöpfte als Vorspeise die Fleischbrühe auf die Teller.

Wie das immer so ist bei Geschäftsessen, wurde nicht über Geschäfte geredet, sondern nur geschmatzt. Erst nach dem Apfelstrudel mit Vanillesoße, den Oma aus dem Ofen zauberte, stellte Kai die entscheidende Frage: „Sag mal, Anna, das Mädchen heute, diese Michaela, das war nicht irgendeine Bekannte von dir, oder?"

„Nee, solche Schnepfen kenne ich nicht."

„Gut, dann pass mal auf." Kai erzählte von dem leeren Schaufenster und dem gestohlenen Tannenbaum und meinte, das würde doch irgendwie zu dem passen, was diese Michaela erzählt hatte.

„Hm“ war alles, was Anastasia dazu sagte.

Da mischte sich Oma ein. „Also, Kinder, wenn ihr mich fragt, dann laufen da draußen irgendwelche Weihnachtsdiebe herum und versuchen allen Leuten das Fest zu verderben. Es ist ja nicht nur der Baum von Streelings. Auch bei Wilkes und Schröders sind die Bäume verschwunden. Bei Niemeiers haben sie sogar den Weihnachtsmann samt Rentier und Schlitten aus dem Vorgarten gestohlen!“

Kai und Anastasia grinsten sich an. „Wir haben einen neuen Fall!“, sagten sie beide wie aus einem Mund. Iwan sprang auf die Pfoten, kam unter dem Tisch hervor und bellte: „Wuff!“

„Er ist dabei“, übersetzte Kai.

„Ohne den Hund lasse ich euch auch nicht in ein so gefährliches Abenteuer ziehen“, sagte Oma Muggenthaler. Und Iwan bellte: „Wuff, wuff!“

„Damit meint er, dass er schon viel gefährlichere Abenteuer erlebt hat“, übersetzte Kai. „Zum Beispiel damals, als er bei der Bergwacht in den Alpen gearbeitet hat und eines Tages eine Lawine …“

„Oh nein, nicht schon wieder diese Geschichte“, rief Anastasia und sprang auf. „Vielen Dank für das tolle Essen, Oma Muggenthaler. Ich muss jetzt nach Hause. Tschüs, Bond, bis morgen dann.“ Damit stürzte sie, noch während sie sich anzog, nach draußen.

Iwan verzog sich beleidigt unter den Küchentisch.

## Fünftes Kapitel,

in dem Kai mit den Ermittlungen beginnt und selbst in Verdacht gerät

Am nächsten Tag wurde es wärmer und die weiße Pracht begann zu tauen. Wieder musste Kai im Matsch von der Schule nach Hause gehen. Er kam an einem Schaufenster vorbei, in dem am Vortag noch ein Weihnachtsbaum mit glitzerndem Schmuck gestanden hatte, und blieb stehen. Es war ein Schuhgeschäft. Die

Schuhe standen noch da, aber die Dekoration war weg. Kai betrat den Laden.

Die Verkäuferin begrüßte ihn, ohne zu lächeln. Tatsächlich war sie ziemlich schlecht gelaunt. Als Kai fragte, was denn aus dem Baum im Fenster geworden sei, schrie sie ihn an: „Soll das ein Witz sein? Wollt ihr euch über uns lustig machen? Lösegeld erpressen für einen Baum? Mach bloß, dass du rauskommst, du Scherzkeks!"

Kai wagte nicht nachzufragen und ging. Er kam am Laden von Naschi-Paul vorbei, in dem es Zeitungen, Süßigkeiten und Getränke zu kaufen gab. Der dicke Paul stand vor der Tür und unterhielt sich mit dem Paketpostboten, der hier immer Pause machte.

„Eine bodenlose Frechheit", meinte Naschi-Paul.

„Außerdem Sachbeschädigung", stellte der Postbote fest.

„Ich will nur hoffen, dass die Versicherung dafür aufkommt", sagte Naschi-Paul.

„War denn die Polizei schon hier?", fragte der Postbote.

„Da waren Profis am Werk, haben sie gesagt. Und dass mein Laden nicht der einzige ist, bei dem das passiert ist."

„Profis?" Der Postbote lachte hämisch. „Ganz schön viel Aufwand wegen einer kleinen Figur aus Plastik." Er deutete auf das Schaufenster.

Jetzt kapierte Kai endlich, wovon die beiden redeten: In der Scheibe war ein rundes Loch, offenbar mit

einem Glasschneider geschnitten. Und dahinter war – nichts. Da, wo Naschi-Pauls kleiner Plastik-Weihnachtsmann gestanden hatte, der auf Knopfdruck „Jingle Bells" sang und dabei tanzte, war alles leer.

„Was heißt hier viel Aufwand für eine kleine Figur? Den hab ich aus Amerika mitgebracht. Hat mich 'ne Stange Geld gekostet", brummte Naschi-Paul und warf Kai einen finsteren Blick zu.

Der war also auch schlecht gelaunt. Kai verzichtete darauf, etwas Süßes zu kaufen. War sowieso nicht nötig. Oma Muggenthaler hatte versprochen, Kaiserschmarrn zu backen, das waren dicke, zerteilte Pfannkuchen mit Rosinen und Zimt und Zucker. Schade, dass Anastasia nicht kommen konnte. Aber die musste ja zum Hallenfußball-Training.

„Was ist denn mit dir los, mein Junge?", fragte Oma verwundert, als sie merkte, dass Kai lustlos in seinem Lieblingsessen stocherte.

„Entschuldige bitte, mir geht so furchtbar viel durch den Kopf. Ich wünschte, Anastasia wäre hier." Eilig fing Kai an zu essen. Es wäre doch zu blöd, seine Pfannkuchen stehenzulassen.

Als er fertig war, schaute Oma zufrieden auf den leeren Teller und Kai erklärte: „Ich geh dann mal in die Nachbarschaft und stelle Ermittlungen an."

„Und deine Hausaufgaben?"

„Die mache ich dann im Büro, zusammen mit Anastasia, die kommt bestimmt noch vorbei."

„Ach, Junge, die Sache mit dem Büro gefällt mir gar nicht. Immerzu entwischst du dahin."

„Aber Omi, Detektiv sein, das ist doch mein Beruf."

Oma Muggenthaler schüttelte den Kopf. „Du bist doch viel zu jung zum Arbeiten."

„Außerdem passt Onkel Ernst auf mich auf."

„Ja, ja, das sagt deine Mutter auch immer."

„Na siehst du!" Kai sprang auf, rannte in die Diele, zog sich an und war schon an der Haustür, als Oma ihm nachrief: „Kai, du vergisst doch nicht etwa deinen Ranzen?"

Kai fühlte sich ertappt. „Ich komm gleich wieder", sagte er. „Ich will nur kurz die Streelings wegen des gestohlenen Weihnachtsbaums befragen."

Er zog die Tür auf und verschwand nach draußen.

Die Streelings wohnten in einer ziemlich großen Villa, die sogar zwei Türmchen hatte, auf denen Fahnen flatterten. Und sie hatten einen Butler. Der trug einen Frack und war hochnäsiger als die Familie, der er diente. Die Streelings selbst waren eigentlich ganz nett.

„Sie wünschen bitte?", fragte der Butler und blickte über Kai hinweg die Garagenauffahrt entlang.

Kai wusste, dass der Butler den seltsamen Vornamen Erdmann hatte. Seinen Nachnamen hatte er nie erfahren, weil Frau Stree-

ling ihn immer nur beim Vornamen rief: „Erdmann, wären Sie so nett, uns den Tee zu servieren?" und so weiter. Kai stellte sich immer vor, dass Erdmann mit Nachnamen Hörnchen heißen könnte. Erdmann Hörnchen, das wäre doch ein toller Name, oder? Kai musste grinsen.

„Bitte sehr?", drängte der Butler mit drohendem Unterton.

„Ich hätte gern Herrn oder Frau Streeling gesprochen."

„Wen darf ich melden?"

Kai wollte schon empört entgegnen: „Sie wissen doch, wer ich bin. Karl Hinrich Muggenthaler von nebenan!" Aber dann besann er sich und holte eine Visitenkarte aus der Tasche, die er sich neulich an einem Automaten am Bahnhof gedruckt hatte. Auf der stand sein Beruf: Privatdetektiv. Er reichte sie dem Butler und sagte mit ernster Stimme: „Kai Muggenthaler. Es ist beruflich."

Der Butler zauberte ein silbernes Tablett hinter seinem Rücken hervor und Kai legte die Karte darauf. Offenbar wollte Erdmann Hörnchen seine weißen Handschuhe nicht mit fremden Visitenkarten in Berührung bringen.

Der Butler schloss die Tür und Kai musste draußen warten.

Dann kam er wieder und sagte: „Ich darf bitten." Er führte Kai in eine ziemlich große Eingangshalle, in der mehrere dicke Teppiche auf dem Marmorboden lagen und Skulpturen und Köpfe von irgendwelchen Römern oder Griechen herumstanden.

Frau Streeling trug ein lila Hausgewand aus Samt, das bis zum Boden reichte. Sie glitt auf ihn zu wie auf Schlittschuhen. Sie lachte fröhlich und rief: „Ach, wie niedlich. So eine lustige Visitenkarte. Was ihr Kinder doch für eine Fantasie habt!"

Kai gab ihr die Hand und sagte brav guten Tag.

„Was kann ich für dich tun, Kai?" Wieder lachte Frau Streeling. „Möchtest du mit Dulcinea spielen?"

Sie deutete nach oben zur Galerie im ersten Stock. Dort stand ein sechsjähriges Mädchen mit braunen Zöpfen hinter dem steinernen Geländer und schaute herab. Es trug ein Dirndl und hielt in der einen Hand eine Puppe, die ebenfalls ein Dirndl trug und braune Zöpfe hatte. In der anderen Hand hielt es einen dünnen Stock.

„Ich bin beruflich hier", sagte Kai genervt. Er fand die Idee, als Zehnjähriger mit einer Sechsjährigen zu spielen, ziemlich idiotisch.

„So, so, so", sagte Frau Streeling.

Dulcinea blickte Kai finster an. Sie kaute auf irgendwas herum, hob den Stock an den Mund und pustete. Auf Kais Stirn landete ein feuchtes Papierkügelchen. Eklig! Der Stock war ein Blasrohr!

„Es geht um die Tanne, die Ihnen gestohlen wurde", beeilte sich Kai zu erklären. „Mir sind ähnliche Fälle bekannt. Offenbar wird Weihnachtsdekoration gestohlen. Ich habe Ermittlungen aufgenommen."

Zack! Ein zweites Kügelchen prallte gegen Kais rechtes Ohr.

„So, so, so“, wiederholte Frau Streeling.

„Wie hat man den Baum denn gefällt?“, fragte Kai und trat ein Stück nach links, um Frau Streeling zwischen sich und das Blasrohr zu bringen.

„Gesägt“, antwortete Frau Streeling knapp. Dann fuhr sie sich mit der Hand in den Nacken, als hätte sie etwas gestochen.

„Wann ist es passiert?“, fragte Kai.

„Mitten in der Nacht.“

„Und Sie haben nichts gehört?“ Ein Kügelchen sauste über Frau Streelings Schulter und dicht an Kai vorbei.

„Nein.“

„Konnten Sie Spuren finden?“

„Ja.“

„Darf ich die mal sehen?“

„Das geht leider nicht mehr, denn die Fußspuren, die wir im Schnee entdeckt haben, sind geschmolzen.“

So ein Mist, dachte Kai und spürte, wie etwas gegen seine linke Wange prallte. Dulcinea hatte den Standort gewechselt und er war wieder in ihrer Schusslinie. Das nächste Kügelchen landete knapp unter seinem linken Auge. Dumme Zicke!

„Was waren das denn für Spuren? Können Sie sie beschreiben?“

Frau Streeling stutzte. „Ich weiß gar nicht, warum dich das so brennend interessiert.“

„Ich sagte ja …"

„Du willst dich doch nicht etwa über mich lustig machen?", fragte Frau Streeling streng.

„Wie kommen Sie denn darauf?", fragte Kai erstaunt. „Ich als Detektiv …" Weiter kam er nicht. Eine dicke Kugel traf ihn mitten auf der Stirn. Wütend rief er: „Hör auf, du blöde Ziege!"

Frau Streelings Gesicht verfinsterte sich. „So, das reicht jetzt an Frechheiten! Du kannst deinen kriminellen Freunden sagen, dass dieser Scherz zu weit ging. Wir haben Anzeige erstattet! Diese Nordmanntanne war ein Wahrzeichen der Familie und wir haben unsere weihnachtlichen Gebräuche mit großem Ernst gepflegt. Diese Verbrecher haben nicht nur einen Baum gemordet, sondern auch tiefe Wunden in die Herzen aller Familienmitglieder geschlagen!" Frau Streeling deutete nach oben zu ihrer Tochter: „Dulcinea ist ganz verstört und traut sich nicht mehr auf die Straße!"

Kai folgte ihrem Blick und sah, wie das Mädchen mit dem Blasrohr direkt auf sein Gesicht zielte und pustete. Er duckte sich.

„Erdmann! Begleiten Sie diesen Jungen bitte nach draußen!"

Der Butler, der hinter einer Statue gestanden hatte, trat neben Kai und deutete zur Tür.

Kai sagte brav auf Wiedersehen, aber Frau Streeling hatte sich schon umgedreht und stieg die Treppe in den ersten Stock hinauf.

„Warum ist sie denn sauer auf mich?“, fragte er den Butler, als dieser die Haustür aufzog.

„Ist dir das entgangen?“, fragte Erdmann Hörnchen hochnäsig. „Ich fürchte, Frau Streeling hat den Eindruck, dass du mit den Dieben unter einer Decke steckst. Wie ist denn deine Schuhgröße? Ungefähr 28?“

„Wie bitte? Ich hab doch nicht so kleine Füße!“, rief Kai empört aus, aber da ging die Tür hinter ihm auch schon zu.

Erst als er schon beim Gartentor angelangt war, ging Kai ein Licht auf: Spuren, kriminelle Freunde, meine Schuhgröße?, dachte er. Na klar! Es waren Spuren von kleinen Füßen. Von Kindern. Deshalb werde ich verdächtigt.

Kai schloss das Tor hinter sich und blieb nachdenklich stehen. Eine Kinderbande also. Das war ein erster Hinweis!

## Sechstes Kapitel,

in dem Onkel Ernst hinzugezogen wird und Anastasia eine verrückte Entdeckung macht

Auf dem kurzen Weg zurück nach Hause ärgerte Kai sich doch noch. Was bildeten sich diese schnöselige Frau Streeling und ihr dämlicher Butler eigentlich ein! Ohne den kleinsten Beweis hatten sie ihm vorgeworfen, mit den Dieben unter einer Decke zu stecken! Dass er gekommen war, um ihnen zu helfen, indem er das Verbrechen aufklärte, hatten sie überhaupt nicht ernst genommen. Und dann noch diese dumme Dulcinea mit ihrem Blasrohr. Man fragte sich wirklich, ob diese Leute es verdient hatten, dass man sich um ihre Probleme kümmerte!

Kai schloss die Haustür auf. Hinter der Tür stand Iwan und schaute ihn vorwurfsvoll an.

„Sei bloß froh, dass du nicht dabei warst. Dulcinea schießt mit Papierkügelchen“, sagte Kai.

Iwan war aber gar nicht froh. Er wollte nicht zurückgelassen werden, egal, wohin Kai ging, und egal, was dort passierte.

Kai hockte sich vor ihn hin, kraulte ihn im Nacken

und sagte: „Hör zu, ich erzähl dir alles und dann machen wir zusammen weiter."

Als er zu Ende erzählt hatte, legte Iwan den Kopf zur Seite und schaute ihn vorwurfsvoll an.

„Da hast du natürlich Recht", gab Kai zu. „Ein Detektiv darf sich von so etwas nicht aus dem Gleichgewicht bringen lassen. Wir mischen uns in das Leben anderer Menschen ein und müssen damit leben, dass die das manchmal nicht so gut finden."

Iwan fiepte zustimmend.

Kai sprang auf. „Also gut, jetzt gehen wir zu Onkel Ernst!"

Er hatte schon die Türklinke gedrückt, da tauchte Oma Muggenthaler neben ihm auf und hielt ihm einen Rucksack hin.

„Was ist denn da drin?", fragte Kai.

„Ein Lunch-Paket für dich und deine kleine Freundin. Kalter Tafelspitz mit Meerrettichsahne und Kartoffelsalat."

„Ach Oma, ich geh doch nicht auf ein Picknick."

„Kai, ich möchte dich außerdem bitten, heute pünktlich zum Abendessen da zu sein, denn sowohl dein Vater als auch deine Mutter haben sich angekündigt."

„Ach, nee …“

„Aber ja doch!“, beharrte Oma und drängte ihm den Rucksack auf.

Iwan bellte ein leises „Wuff“ und Kai lenkte ein: „Okay, wenn du ihn tragen willst.“ Er schnallte den Rucksack auf den Rücken des Bernhardiners und sie gingen los.

Wenig später durchquerten sie den Durchgang zum Fabrikhof. Zum Glück war das Fenster von Onkel Ernst offen. Kai klopfte an die Scheibe.

Es dauerte eine Weile, dann hörte man schwere Schritte auf knarrendem Holzboden. Die Gardinen wurden beiseitegeschoben und das bärtige Gesicht von Onkel Ernst erschien.

„Na, meine Herren, was gibt's Neues?“, fragte er.

„Wir haben eine Spur und brauchen eine Beratung“, sagte Kai.

„Immer rein! Die Tür ist offen!“

Kai und Iwan betraten das Haus und gingen durch einen kurzen Flur ins kleine Wohnzimmer, in dem Onkel Ernst gemütlich in einem großen Ohrensessel saß. Er trug eine dicke Strickjacke, und in der Hand hielt er eine Tabakspfeife, die er aber nicht mehr anmachte, weil der Arzt es ihm verboten hatte.

Iwan legte sich vor die hohe Bücherwand, schloss die Augen und schnaufte leise vor sich hin.

Kai erzählte von den verschiedenen Diebstählen. Als er fertig war, schüttelte Onkel Ernst den Kopf: „Kinder, die es schaffen, mitten in der Nacht eine haushohe Nordmanntanne zu fällen und wegzuschaffen, ohne dass es jemand bemerkt? Unglaublich."

„Aber da waren doch Spuren von kleinen Füßen", sagte Kai.

Onkel Ernst dachte nach. „Es gibt natürlich kriminelle Banden, die Kinder dazu bringen, bestimmte Arbeiten für sie zu erledigen. Zum Beispiel durch kleine Fenster zu klettern, um etwas zu stehlen. Aber warum sollte man Kinder losschicken, einen Baum zu fällen? Außerdem bekommt man für einen Weihnachtsbaum höchstens fünfzig Euro."

„Bei so einer großen Tanne wird's schon mehr sein, Onkel Ernst, und vergiss nicht den Schmuck und die Beleuchtung."

„Trotzdem lohnt es den Aufwand nicht. Es klingt eher wie ein Dummerjungenstreich."

„Und die anderen Diebstähle?"

Onkel Ernst strich sich über den Bart: „Das ist alles höchst merkwürdig."

„Die Sache mit den Fußabdrücken hat mich übrigens auf eine Idee gebracht", sagte Kai.

„Da bin ich aber gespannt."

„Spuren suchen und festhalten", sagte Kai.

„Du meinst Spurensicherung."

„Ja, genau. Man kann doch Gipsabdrücke nehmen oder Fingerabdrücke."

Onkel Ernst zog die Augenbrauen zusammen: „Das klingt so, als wolltest du einen ganzen Koffer mit Spezialausrüstung mit dir herumschleppen."

„Das wäre doch eine gute Idee!", sagte Kai. „Hast du nicht noch so etwas?"

Onkel Ernst klopfte mit dem Pfeifenkopf auf den runden Tisch neben seinem Sessel. Das war das Zeichen, dass er etwas Wichtiges sagen wollte. „Mein lieber Junge", begann er, „dein Eifer in Ehren, aber bevor du schwer bepackt durch die Weltgeschichte gehst, denk lieber einmal nach, was du wirklich brauchst."

„Das ist doch ganz klar", sagte Kai, „Gips, um Fußabdrücke zu sichern, Tütchen, um Proben zu nehmen und verdächtige Gegenstände zu deponieren. Dieses, äh, Pulver mit dem Pinsel für die Fingerabdrücke, dann noch eine Lupe und ein Mikroskop und …"

„… einen Computer, mit dem du den Polizeicomputer anzapfst, um die gefundenen Fingerabdrücke zu vergleichen."

„Super!“, rief Kai. „Geht das denn?“

Onkel Ernst schüttelte den Kopf: „Nein, das ist verboten. Und deshalb hat es auch keinen Sinn, dass du Fingerabdrücke sammelst. Du müsstest ja eine Kartei mit den Abdrücken verdächtiger Personen haben, um die gefundenen Spuren einem Verbrecher zuordnen zu können. Sonst nützen sie nichts.“

„Hab ich leider nicht“, stellte Kai entmutigt fest. „Hast du eine?“

„Nein.“

„Aber Gipsabdrücke von Schuhsohlen wären doch nützlich. Die Sohlen haben bestimmt Muster. Und wenn wir dann einen Verdächtigen finden, können wir seine Schuhe überprüfen.“

„Und deswegen willst du Gipspulver und eine Wasserflasche und einen Becher zum Anrühren mit dir herumtragen?“

„Warum nicht?“

„Weil es auch einfacher geht. Ich sage dir, was du brauchst: einen guten Fotoapparat. Damit fotografierst du den Tatort und die Spuren, die dir dort auffallen. Und vielleicht sogar heimlich den einen oder anderen Verdächtigen.“

„Eine Kamera hab ich sowieso“, sagte Kai enttäuscht. Er hatte sich schon mit einem großen Koffer mit unglaublich geheimnisvollen und wichtigen Geräten herumlaufen sehen. Und sich ausgemalt, wie alle große Augen machen würden, wenn er den Koffer aufklappte, um auf sehr komplizierte Art den Tatort zu untersuchen.

Onkel Ernst sagte: „Als Privatdetektiv bist du kein Polizist. Dein Vorteil ist, dass du unerkannt arbeiten kannst. Du bist eher so etwas wie ein Geheimagent, ein getarnter Ermittler. Mit einer kleinen Digitalkamera kannst du mehr bewirken als mit einem zwanzig Kilo schweren kriminaltechnischen Einsatzkoffer."

Kai war noch immer etwas enttäuscht, sah aber ein, dass Onkel Ernst Recht hatte. Ein Leben als Geheimagent war doch auch spannend. Gerade wollte er ausführlich beschreiben, wie er vorgehen würde, da sprang Iwan auf die Pfoten und bellte einmal kurz.

Durch die Toreinfahrt hörte man Stiefelschritte näher kommen.

„Anastasia", stellte Kai fest und ging zum Fenster, um sie herzuwinken.

Heute hatte sie ihr braunes Haar zu einem Pferdeschwanz zusammengebunden, der beim Gehen hin und her wippte. Sie trug eine karierte Holzfällerjacke und dazu eine unglaublich weite Jeans.

„Hallo, Kai!", rief sie aufgeregt. „Hast du schon gehört? Etwas total Verrücktes ist passiert! Alle Lichtergirlanden und der ganze Weihnachtsschmuck in der Fußgängerzone sind letzte Nacht geklaut worden!"

„Was?" Kai schaute verwirrt zu Onkel Ernst.

Der brummte nachdenklich: „Na, jetzt wird dein Fall ja so richtig interessant."

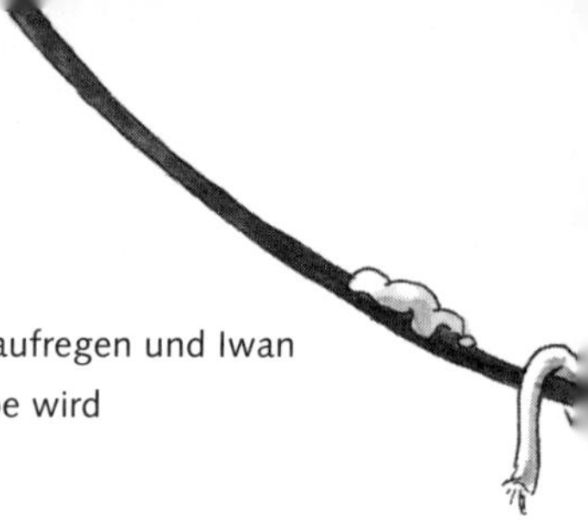

## Siebtes Kapitel,

in dem die Erwachsenen sich aufregen und Iwan ein Opfer der Weihnachtsdiebe wird

Der Detektiv, seine Assistentin und sein Spürhund gingen ins Büro und holten Kais Digitalkamera. Dann machten sie sich auf den Weg in die Fußgängerzone und fotografierten alles. Das heißt, sie fotografierten eigentlich nichts, denn das, um was es ging, war ja nicht mehr da … Irgendwann, nachdem Kai schon über vierzig Bilder gemacht hatte, fragte Anastasia: „Wieso machen wir eigentlich Fotos von fehlenden Sachen? Das ist doch Quatsch."

„Spuren", sagte Kai. „Vielleicht finden wir auf einem Foto Spuren, wenn wir sie uns nachher angucken."

„Na, das wird ja ein spannender Nachmittag", sagte Anastasia gelangweilt.

„Zum Beispiel hier", sagte Kai begeistert und deutete auf eine Stelle im Schnee. Dort waren kleine Fußspuren zu sehen. Direkt unter einem Mast, auf dem bis vor kurzem noch glitzernder Sternenschmuck geleuchtet hatte. Jetzt war es nur noch ein nutzloser Pfosten mit sinnlos herunterhängenden Kabeln.

Kai fasste Iwan am Halsband. Er zog ihn zu der Stelle

und deutete auf die Fußspuren: „Was meinst du, Iwan?“

Iwan schaute die Spuren an, dann blickte er skeptisch zu Kai hoch und fiepte unzufrieden.

„Äh“, sagte Anastasia, „meinst du nicht, dass diese Spuren hier von den Boots da drüben stammen könnten?“

Vor einem Schaufenster standen zwei fünfjährige Jungen. Kai ging zu ihnen und prüfte, wie ihre Fußabdrücke aussahen. „Genau“, stellte er fest.

„Die zwei Wichte?“, sagte Anastasia abfällig. Sie hatte einen Bruder in diesem Alter. Sie trat neben Kai und wandte sich an die beiden: „He, ihr seid doch bestimmt die Allergrößten und Allerstärksten, hm?“

Die beiden sahen sie ausdruckslos an.

„Und ihr seid bestimmt kräftig genug, um eine riesige Tanne umzusägen und die ganze Deko hier zu klauen." Sie deutete die Fußgängerzone entlang.

Iwan trottete neugierig herbei und nahm die Verdächtigen in Augenschein. Die beiden Jungs fassten sich an den Händen und rannten davon.

„Na, das hast du ja toll hingekriegt. Unsere Täter laufen weg", sagte Kai.

Iwan legte den Kopf schief und fiepte. „Was ist denn?", fragte Kai verärgert.

„Ich glaube, er ist einer Meinung mit mir", stellte Anastasia fest. „Wir meinen, dass du auf dem Holzweg bist."

„Aber die Täter bei Streelings hatten Schuhgröße 28. Und hier auf dem Abdruck kann man spiegelverkehrt genau diese Zahl sehen!"

„Du siehst mal wieder den Wald vor lauter Bäumen nicht", sagte Anastasia geduldig. „Kinder, die Schuhgröße 28 tragen, sind bestimmt nicht groß genug, um mit Äxten oder Sägen umgehen zu können. Und wie bitte sollen solche kleinen Kerle eine haushohe Nordmanntanne forttragen? Und wer hat sie mitten in der Nacht rausgelassen?"

„Ich sag doch, dass es eine Bande ist, die Kinder benutzt."

„Zum Umsägen von Bäumen? Das können Erwachsene besser."

„Was willst du mir eigentlich damit sagen?"

„Dass die Schuhabdrücke keine gute Spur sind."

„Aber es muss doch Spuren geben!", rief Kai wütend.

„Hör zu", sagte Anastasia. „Ich bin dabei, wenn du die Fotos am Computer anguckst. Aber nur, wenn du mir vorher bei den Matheaufgaben hilfst."

Kai trat missmutig gegen einen Haufen Schnee.

„Na komm." Anastasia fasste ihn am Ärmel und zog ihn mit sich.

(Wundert sich jetzt vielleicht jemand, wie es sein kann, dass der ein Jahr jüngere Kai, der natürlich auch eine Klasse unter Anastasia war, ihr bei den Matheaufgaben helfen konnte? Dazu nur so viel: Kai war vielleicht im Moment als Detektiv nicht ganz auf der Höhe, aber in Mathe war er immer und überall ein Genie!)

Leider brachte das Untersuchen der Fotos im Anschluss an die Mathe-Paukerei keine neuen Erkenntnisse. Und dann war es auch schon Zeit, nach Hause zu gehen. Kai hatte ja versprochen, pünktlich zu kommen. Tatsächlich war es schon zu spät. Kai verabschiedete sich an der Toreinfahrt von Anastasia, nachdem er ihr das Päckchen mit Omas Proviant in die Hand gedrückt hatte, und trottete mit Iwan zur Tür.

Seine Oma überhäufte ihn mit Vorwürfen, weil er an einem solchen bedeutenden Tag, wo sein Vater und seine Mutter zum Abendessen anwesend waren, zu spät kam. Als sie seinen schuldbewussten Blick bemerkte, wurde sie freundlicher und sagte: „Ich hab dir was aufgehoben."

„Was gibt's denn?"

„Fisch."

„Brrr." Kai und Iwan schüttelten sich gleichzeitig.

„Mein lieber Junge", sagte Oma streng. „Mir ist sehr wohl bekannt, dass du ein gebratenes Zanderfilet mit Kartoffelpüree zu schätzen weißt. Aber bilde dir nicht ein, dass du heute Ketschup dazu bekommst."

Kai setzte sich an den großen Tisch im Esszimmer und begann unter der Aufsicht seiner Eltern zu essen. Kais Mutter trug ihren schwarzen seidenen Hausanzug und hatte ihre langen blonden Haare zu einem Pferdeschwanz gebunden, was bedeutete, dass sie heute Abend zu Hause blieb. Kais Vater hatte zwar das Jackett ausgezogen, aber die Krawatte anbehalten und das Handy vor sich hingelegt, was bedeutete, dass er wahrscheinlich noch mal wegmusste.

Oma setzte sich dazu. Jetzt waren es schon sechs Augen, die Kai beobachteten. Aber dann fingen sie an zu reden und schienen ihn ganz vergessen zu haben. Iwan hatte sich mit seinem Knochen vorsorglich unter den Tisch verzogen.

Sie sprachen über die Weihnachtsdiebstähle. Über die verschwundene Nordmanntanne natürlich, über den gestohlenen Weihnachtsschmuck in der Fußgängerzone, darüber, dass ähnliche Dinge in der ganzen Stadt vorgefallen waren. Kais Vater holte die Zeitungen, die auf den Titelseiten von dem Skandal berichteten: „SKRUPELLOSE WEIHNACHTSDIEBE ZERSTÖREN KINDERTRÄU-

ME“, lautete eine Überschrift. Eine andere: „MUSS WEIHNACHTEN IN DIESEM JAHR AUSFALLEN?“ Und die dritte Zeitung schrieb bösartig: „ADVENT, ADVENT – KEIN LICHTLEIN BRENNT, UND DER POLIZEI GEHT AUCH KEINS AUF!“

Kais Mutter erzählte, dass sogar in den Nachrichten in Radio und Fernsehen darüber berichtet wurde. Die Experten waren sich nicht einig, ob die Weihnachtsdiebe den Schmuck gestohlen hatten, um ihn zu verkaufen, oder ob sie die Stadt dazu bringen wollten, Lösegeld zu zahlen.

Nachdem Kai aufgegessen hatte, stand Oma auf: „Zeit für den Nachtisch!“ Sie ging in die Küche. Iwan kam unter dem Tisch hervor. Er wusste, dass er jetzt ein Stück Hundekuchen bekam.

Zwei Minuten später kam Oma ins Esszimmer gerannt, händeringend, atemlos, und brachte kein Wort hervor. Sie stand einfach da und atmete schwer.

„Mutter, was ist denn?“, fragte Kais Vater besorgt.

„Das, das, das ...“, stotterte Oma Muggenthaler.

„Aber Schwiegermama!“, rief Kais Mutter. „Du bist ja ganz blass!“ Sie stand auf und legte Oma einen Arm um die Schultern.

„Das, das, das ... ist eine bodenlose Unverschämtheit!“

„Was denn?“

Omas Gesicht verfärbte sich ins Rötliche. „Das ist eine Kriegserklärung!“, rief sie. „Diese missratene Bande! Diese hinterlistigen Verbrecher!“

Kais Vater sprang vom Stuhl auf: „Aber Mutter, was redest du denn da?“

Mit bebenden Lippen stieß Oma Muggenthaler hervor: „Die beiden Bleche mit den Plätzchen sind weg und die vier Weihnachtsstollen für die Verwandtschaft! Ich hatte sie zum Auskühlen auf die Terrasse gestellt. Und den Mohr im Hemd, den ich euch zum Nachtisch gemacht habe, haben sie auch mitgenommen, mit der Vanillesoße!“

„Himmelherrgottsakrament!“, fluchte Kais Vater.

Ach du liebe Güte, dachte Kai, jetzt ist Papas Laune hin, diese kleinen Schokoküchlein sind doch sein Lieblingsdessert.

„Diebe im Haus am helllichten Tag!“, rief seine Mutter und übertrieb mal wieder, denn die Täter waren ja nur auf der Terrasse gewesen und dunkel war es draußen auch schon längst.

„Und was der Gipfel dieser bodenlosen Gemeinheit ist“, rief Oma Muggenthaler, bevor sie erschöpft auf einen Stuhl sank: „Sie haben sogar Iwans Hundekuchen mitgenommen!“

## Achtes Kapitel,

in dem alles noch schlimmer kommt und
Kai einige Zeugen befragt

Am nächsten Tag war es Gesprächsthema auf dem Pausenhof in Kais Schule: Der gesamte Weihnachtsmarkt vor dem Einkaufszentrum in der Nähe des Bahnhofs war über Nacht abgebaut worden. Nun gab es dort keine Apfeltaschen mehr, kein Schmalzgebäck, keine Zuckerwatte, keine kandierten Äpfel und gebrannten Mandeln, keine Würstchen und keine Stände mit Winterklamotten und Weihnachtsgeschenken. Alles war weg. Schüler aus den höheren Klassen behaupteten, Außerirdische vom Mars oder vom Sirius oder vom Orion steckten dahinter. Beweise hatten sie keine. Niemand hatte bislang eine fliegende Untertasse oder eine andere Art von Ufo gesehen.

Anastasia, mit der Kai sich kurz in der zweiten Pause traf, fand die Idee, kleine grüne Männchen holten sich die Weihnachtsbeleuchtung auf ihren Planeten, weil ihnen dort auf einen Schlag alle Glühbirnen geplatzt waren, ziemlich logisch. Außerdem hatte sie im Radio gehört, dass ein bestimmter Stern, der normalerweise immer nur schwach am Abendhimmel leuchtete, mit einem Mal überraschend hell strahlte. Kai schüttelte den Kopf. Er konnte nicht glauben, dass kleine grüne Männchen an Würstchenbuden, Schmalzgebäck und Hundekuchen interessiert waren.

Kai dachte an Michaela Cherubina, die ihm den Auftrag gegeben hatte, Weihnachten zu retten – er hatte leider überhaupt nichts erreicht. Es wurde Zeit, dass sich das änderte!

Nach der Schule machte er sich auf den Weg zum großen Platz vor dem Einkaufszentrum. Der sah jetzt ziemlich leer aus und wirkte traurig und kahl. Nur in der Mitte war eine Bude übrig geblieben. Sie hatte nichts mit Weihnachten zu tun. Hier wurde das ganze Jahr über Reibekuchen verkauft. Außerdem war sie aus Stein gebaut, im Boden verankert und deshalb nicht so einfach abzubauen.

Der Reibekuchen-Mann war auch der Einzige auf dem Platz, der gute Laune hatte. Er machte heute besonders gute Geschäfte. Nicht nur, weil die Konkurrenz verschwunden war, sondern auch, weil viele der arbeitslosen Budenbesitzer bei ihm herumstanden und sich gegenseitig ihr Leid klagten oder darüber nachdachten, ob sie neue Buden aufstellen sollten oder nicht.

Als Kai fragte, ob jemand in der Nacht etwas gesehen hätte, lachten sie nur. Er wunderte sich, wie man es denn überhaupt schaffen könne, so viele Buden abzutransportieren, und da wurden sie wütend: Eine kriminelle Bande sei das gewesen und ganz bestimmt stünden die Buden jetzt irgendwo im Ausland auf einem anderen Weihnachtsmarkt.

Dann wollte Kai wissen, wieso der Wachdienst nichts bemerkt hätte, und sie begannen durcheinanderzuschreien. Einer behauptete, der Wachdienst des Einkaufszentrums selbst sei es gewesen, ein anderer erklärte hämisch, das seien alles Schlafmützen, denn er selbst hätte heute Morgen zwei von diesen Leuten schlafend im Schaufenster eines Bettengeschäfts gesehen. Und dann stritten sie sich, ohne weiter auf Kai zu achten.

Der schaute sich suchend nach anderen Zeugen um, bemerkte aber nur noch einen vor sich hin brabbelnden Obdachlosen, der immer hier herumzog, mit einem Einkaufswagen, in dem seine ganze Habe lag. Ihm hörte nie jemand zu, weil er immer mit sich selbst sprach und man meistens nicht verstand, um was es ging.

Auch Kai hatte bisher nie genauer hingehört, was der schmuddelige Mann so redete, aber jetzt horchte er auf. Er konnte nämlich sehr wohl verstehen, was er murmelte, während er mit seinem Einkaufswagen den Reibekuchenstand umkreiste. Er sagte: „Ich habe die Diebe gesehen, ich habe die Diebe gesehen …“

Immer wieder.

Kai näherte sich ihm vorsichtig. Der Mann beachtete ihn nicht und murmelte: „Ich habe die Diebe gesehen."

Kai ging jetzt neben ihm her und fragte: „Wie sahen sie denn aus?"

Der Mann blickte weiter stur geradeaus und antwortete: „Wer will das wissen?"

„Ich heiße Kai Muggenthaler und bin Detektiv."

„Du hast genau die richtige Größe, meine Junge", sagte der Mann.

„Wie meinen Sie das?“

„Genau die richtige Größe“, wiederholte der Obdachlose.

„Die richtige Größe für was?“

Der Mann lachte. „Um dich auf den Mond zu schießen.“

Kai blieb stehen und seufzte. Alle redeten nur dummes Zeug. Wie sollte man da eine Spur finden?

Da hielt auch der Mann mit dem Einkaufswagen an und wandte sich um. Er grinste verschmitzt, wie einer, der glaubt etwas zu wissen, was sonst niemand weiß. „Sie sind vom Mond runtergekommen, die ganze Bande! Einen hab ich zu fassen gekriegt und ihm einen Tritt gegeben. Da ist er wieder dahin zurückgeflogen, wo er herkam.“ Er lachte vor sich hin. „Ich hab ihn auf den Mond geschossen!“ Dann trottete er weiter.

Also doch Außerirdische?, dachte Kai. Dann sah er, wie der Mann im Gehen eine Schnapsflasche aus der Hosentasche zog und daraus trank. Besonders zuverlässig war der Zeuge sicherlich nicht.

Kais Handy klingelte. Oma war dran. „Junge, wo bleibst du denn bloß! Dein Mittagessen wird kalt!“

„Aber Omi“, protestierte Kai. „Ich führe Ermittlungen durch. Da kann ich doch nicht.“

„Das ist noch lang kein Grund, mich hier mit dem Essen sitzenzulassen! Es gibt Backhendl! Ich darf dich daran erinnern, Kai, dass du dir das gewünscht hast! Außerdem ist deine Freundin hier. Wenn du nicht bald kommst, hat sie alles allein aufgegessen. Und Iwan langweilt sich ohne dich. Eine Nachspeise habe ich auch gemacht."

„Also gut, Oma, ich bin gleich da."

Aber als Kai am Eingang des Einkaufszentrums einen der uniformierten Sicherheitsleute bemerkte, entschloss er sich, ihn zu befragen. Es war ein junger Typ in hellblauer Uniform mit einer Schirmmütze auf dem Kopf. Er trug stolz ein Funkgerät und einen großen Schlüsselbund am Gürtel. Breitbeinig stand er da und lächelte Kai an.

„Entschuldigen Sie bitte", sagte Kai so freundlich wie möglich. „Ich möchte Ihnen nicht zu nahe treten, aber ich bin Detektiv und habe den Auftrag, die Weihnachtsdiebe zu fangen. Darf ich Sie etwas fragen?"

„Na klar, schieß los, Kleiner", sagte der Uniformierte und zwinkerte Kai zu.

„Stimmt es, dass Ihre Kollegen letzte Nacht im Schaufenster von Betten-Meier eingeschlafen sind?"

„Das waren nicht meine Kollegen, sondern die Schlafmützen von unserer Konkurrenz. Wir sind tagsüber dran, die anderen nachts. Aber jetzt passen wir auch nachts auf, weil die anderen versagt haben."

„Wie konnte das denn passieren?"

„Die behaupten, man hätte ihnen ein Schlafmittel in den Tee gemischt. Eine schwache Entschuldigung. Die hätten mal lieber ausschlafen sollen, bevor sie zur Arbeit gingen."

Der junge Mann vom Wachpersonal sah nett aus, deshalb traute Kai sich, die nächste Frage zu stellen: „Ich habe einen Zeugen befragt, der hat behauptet, die Diebe seien vom Mond gekommen. Was meinen Sie dazu?"

Der Uniformierte nickte ernst: „O ja, das kann ich bestätigen."

„Wirklich?", fragte Kai.

„Aber sicher, ich hab's genau gesehen. Der Mann im Mond hat seine Leiter ausgefahren und dann ist er nach unten geklettert und ..."

Kai unterbrach ihn gekränkt: „Sie wollen sich ja nur über mich lustig machen."

„Spaß muss sein", sagte der Wachmann und grinste.

## Neuntes Kapitel,

in dem Onkel Ernst eine Verschwörung wittert und die Diebe immer frecher werden

Kaum war Oma Muggenthaler aus der Küche gegangen, lief Anastasia auf Zehenspitzen zum Herd und hob den Deckel der Pfanne mit dem knusprig gebratenen Hähnchenfleisch. Eigentlich war sie pappsatt, aber wenn Kai jetzt nicht gleich käme, würde sie sich noch einen Happen stibitzen. Ihre Hand zuckte zurück, als sie neben sich ein Knurren hörte. Iwan war lautlos neben sie geschlichen und schaute sie vorwurfsvoll an.

„Du glaubst doch nicht etwa, dass ich Kai alles wegfuttern will, hm?", rief sie.

So wie Iwan knurrte, glaubte er genau das.

In diesem Moment ertönte der Gong an der Tür, und beide stürzten hin, um Kai hereinzulassen. Kai ließ Mantel, Mütze, Schal, Ranzen und Schuhe auf den Boden fallen und begann von seinen Ermittlungen zu erzählen, während er dem leckeren Duft nachging. In der Küche setzte er sich an den Tisch, wo Anastasia ihn unter den wachsamen Augen von Iwan schuldbewusst bediente.

„Außerirdische? Mann im Mond? Schlafende Wachleute im Schaufenster des Bettengeschäfts?“ Anastasia schüttelte den Kopf. „Das sind doch keine Spuren.“

„Hinweise sind das“, sagte Kai mit vollem Mund. „Indizien.“

Anastasia tippte sich mit dem Zeigefinger gegen die Stirn. „Den Mann im Mond gibt es doch gar nicht.“

„Wer weiß. Jedenfalls gab es mal einen.“

„Du spinnst, Mister Bond.“

Kai wischte sich mit dem Handrücken über den Mund, der so richtig schön mit Butter verschmiert war, und streckte die nicht mehr so saubere Hand aus: „Wetten? Du musst dir vierundzwanzig neue zweite Vornamen ausdenken, wenn ich Recht habe.“

„Du spinnst!“, sagte Anastasia und schlug ein.

Kai sprang auf, rannte in die Bibliothek seines Vaters, wo sich an allen vier Wänden dicke Wälzer bis unter die Decke stapelten, und kam mit einem Lexikon-Band zurück.

Er schlug ihn auf und suchte die richtige Seite. „Hier“, rief er triumphierend und tippte mit dem fettigen Finger auf das Foto eines Astronauten, der auf dem Mond herumstand. „Ach“, sagte Anastasia enttäuscht.

„Der war da oben und lief rum. Vielleicht ist ja wieder einer da.“

„Und hat so lange Arme, dass er unseren Weihnachtsschmuck klauen kann? So ein Blödsinn!“

„Egal, Anna, vierundzwanzig neue Vornamen!“

Anastasia seufzte tief und dachte kurz nach. „Aber Anastasia …“

„Gilt immer.“

„Okay.“ Sie holte tief Luft, und sagte schnell auf: „Anastasia Bella Carlotta Dora Elsa Fanny Gabriele Hildegard Ines Jadwiga Klara Laura Marianne Nele Olga Petra Ramona Sabine Trude Undine Waltraud Xenia Ypsilona Zelda – puh!“

„Nicht schlecht“, sagte Kai anerkennend. „Aber Ypsilona ist doch kein Name.“

Anastasia stemmte die Hände in die Hüften und rief: „Das musst du mir erst mal beweisen!“

„Geschenkt“, sagte Kai. „Apropos beweisen: Wir müssen zu Onkel Ernst. Wir brauchen fachliche Beratung.“

Anastasia senkte den Kopf: „Äh, ich auch. Wir schreiben morgen einen Mathetest, und ehrlich gesagt …“

„Alles zu seiner Zeit!“, rief Kai großspurig. „Zuerst müssen wir die Welt retten!“

Und noch bevor Oma Muggenthaler die Chance hatte, ihren beliebten Grießpudding mit Pflaumenkompott zu servieren, waren Anastasia, Kai und Iwan bereits auf dem Weg zu Onkel Ernst.

Der hatte offenbar schon gewartet und winkte ihnen von seinem Fenster aus zu, nachdem sie die Einfahrt zum Fabrikhof durchquert hatten. „Kommt gleich rein!“, rief er ihnen zu. „Es gibt Neuigkeiten.“

Diesmal führte er sie in sein Arbeitszimmer, wo ein großer Computerbildschirm den Schreibtisch beherrschte. Ächzend ließ er sich auf den Drehsessel fallen und lachte, als Anastasia und Kai mit den Köpfen zusammenstießen, weil sie beide auf den Bildschirm gucken wollten.

Onkel Ernst klickte flink mit der Maus und zauberte eine ganze Reihe Websites auf den Bildschirm.

„Zeitungsberichte aus aller Welt", erklärte er. „Immer nur kleine Meldungen. Nie auf der Titelseite. Im Fernsehen hört man seltener davon, im Radio auch. Die Journalisten haben noch gar nicht begriffen, dass da eine echte Katastrophe im Gang ist."

„Was für eine Katastrophe?", fragte Anastasia.

„Guck doch mal hin", sagte Onkel Ernst. „Überall auf der Welt verschwindet die Weihnachtsdekoration. Alles, was mit Weihnachten zu tun hat, wird gestohlen. In Amerika, in Europa, in Asien, in Australien, in Afrika. Es passiert immer nur mal hier, mal da. Kleine Zwischenfälle. Aber ich fürchte, da steckt ein Plan dahinter."

„Wahnsinn!", sagte Kai.

„Wenn das der Mann im Mond ist, dann hat er bald seinen ganzen Planeten vollgeladen", sagte Anastasia.

„Der Mond ist kein Planet, sondern nur ein Trabant", korrigierte Kai.

Onkel Ernst drehte sich ruckartig mit seinem Sessel um: „Was redet ihr denn da für einen Unsinn?"

„Kein Unsinn", erklärte Kai und berichtete von seinen Ermittlungsergebnissen.

Als er fertig war, murmelte Onkel Ernst eine Weile vor sich hin, bis er sagte: „Wenn ein Betrunkener meint, er habe jemanden zum Mond geschossen, dann ist das meiner Meinung nach nicht weiter wichtig. Aber wenn Wachleute einschlafen, dann frage ich mich, wieso sie alle auf einmal so müde wurden."

„Schlafmittel!", rief Anastasia.

„Aber wer hat es ihnen gegeben?", fragte Kai.

Onkel Ernst schlug mit der Faust auf die Lehne seines Sessels. „Es ist ganz klar eine Verschwörung!"

Kai war beeindruckt. Das Wort „Verschwörung" klang irgendwie fies und gemein. „Was kann man denn gegen eine Verschwörung tun?"

„Sie aufdecken. Wenn sich dunkle Mächte zusammentun, um anderen zu schaden, dann muss man nach den Motiven fragen."

„Du meinst, welchen Nutzen jemand hat, wenn es kein Weihnachten mehr gibt?", fragte Anastasia.

„Genau", sagte Onkel Ernst. „Aber da will mir so gar nichts einfallen." Er rutschte unzufrieden auf seinem Sessel herum.

„Ach übrigens", wandte Anastasia sich an Kai. „Bei ‚nichts einfallen' muss ich an den Mathetest von morgen denken …"

„Was?", rief Kai empört. „Wir müssen Weihnachten retten und du denkst an Mathe?"

„Aber ich bin erledigt, wenn ich morgen versage. Und du hast doch versprochen …"

„Aber der Fall ist viel wichtiger", beharrte Kai.

„Oho", sagte Onkel Ernst. „Hier geht's um Würde und

Ehre. Wenn du dieser jungen Dame versprochen hast, sie vor den Schrecken der Mathematik zu bewahren, dann musst du es tun. Einen einzelnen Menschen zu retten ist genauso wichtig wie die Rettung der ganzen Welt!"

Kai überlegte kurz. Tatsächlich wusste er gar nicht, wie er jetzt weiter ermitteln sollte. „Gut", sagte er unzufrieden. „Wir machen Mathe."

Sie verabschiedeten sich von Onkel Ernst, der versprach, weiterhin die Untaten der Weihnachtsdiebe auf der ganzen Welt aufzuspüren, und gingen ins Büro. Iwan legte sich vor die Heizung und döste ein, während Kai seiner Freundin erklärte, wie man Gleichungen mit x und y lösen musste.

Es war schon lange dunkel, als sie nach Hause aufbrachen. Anastasia schwirrte der Kopf vor lauter Zahlen und Rechnungen, aber sie hatte das Gefühl, für die Arbeit gut gerüstet zu sein. Kai war jetzt doch zufrieden, dass er ihr geholfen hatte. Andernfalls, das war ihm klar, hätte er sich wie ein Verräter gefühlt.

Sie verabschiedeten sich an der großen Straßenkreuzung, die den Wohnkomplex, in dem Anastasia wohnte, vom Villenviertel abtrennte. Anastasia sagte: „Tschüs, Bond, du bist ein echter Freund."

Sie kraulte Iwan den Nacken und ging davon.

Zu Hause bei Muggenthalers roch es so sehr nach Weihnachten, dass Kai beinahe glaubte, seinen Fall gäbe es gar nicht mehr. Oma hatte Lebkuchen gebacken, und es duftete nach orientalischen Gewürzen, knusprigen

Mandeln und Nüssen. Die Bleche mit dem fertigen Gebäck standen in der Küche auf Spüle, Herd und Tisch.

„Gut, dass ihr kommt", sagte Oma. „Die Lebkuchen müssen auskühlen. Aber ich traue mich nicht, sie auf die Terrasse zu stellen. Ich habe Angst, dass sie dann gestohlen werden."

Kai schlug vor, dass Iwan ja auf die Bleche aufpassen könnte. Der Bernhardiner stromerte abends gern ein bisschen durch den Garten. Oma hielt es für eine gute Idee und Iwan war auch einverstanden.

Kai fiel ein, dass auch er noch für die Schule üben musste: Sport war nämlich sein Schwachpunkt. Morgen würden sie wieder Bodenturnen machen und anschließend Bockspringen. Kai zog seinen Trainingsanzug an und begann Handstand zu üben. Dann baute er sich aus einem Stuhl und mehreren Kissen einen Bock, über den er springen wollte – und knallte schon beim ersten Versuch frontal gegen sein Bücherregal, das mit einem lauten Krachen umkippte und den ganzen Inhalt auf, neben und unter dem Schreibtisch verteilte.

Zwei Sekunden später stand Oma in der Tür und schrie: „Karl Hinrich!"

Kai schob die Bücher von sich, unter denen er lag, und stand schuldbewusst auf. „Oma, ich …"

„Komm sofort mit! Schnell!" Oma drehte sich um und verschwand. Kai rannte hinterher. Oma eilte durchs Wohnzimmer auf die Terrassentür zu. Kai folgte ihr nach draußen. Da lag Iwan auf dem Boden. Er schnarchte.

Oma Muggenthaler hob anklagend die Arme. „Oh du sündige Brut!“, rief sie. „Wo sind meine Lebkuchen?“

Die Bleche waren leer.

Aber was Kai viel mehr beschäftigte, war die Tatsache, dass Iwan selbst durch heftiges Rütteln nicht wach zu bekommen war. „Der hat ein Schlafmittel bekommen“, stellte Kai fest. „Jetzt muss er sich ausschlafen, da hilft alles nichts.“

Das Seltsamste aber war, dass vor Iwans Schnauze ein vergoldeter Knochen mit einer hellblauen Schleife lag!

## Zehntes Kapitel,

in dem sich alle gründlich ärgern und auch Grund dazu haben

Iwan schlief immer noch, als Kai sich auf den Weg zur Schule machte. Beim Frühstück war Oma Muggenthaler sehr nervös. Sie verschüttete den Kaffee, ließ die Schale mit den selbstgebackenen Croissants zu Boden fallen und hörte gar nicht richtig hin, wenn Kai etwas sagte. Sie dachte noch immer an die gestohlenen Lebkuchen. „Das hat mir die Adventszeit aber gründlich verleidet", klagte sie. „Wo ich doch sonst immer so einen Spaß am Backen habe."

„Cool bleiben, Omi", sagte Kai. „Ich krieg schon noch heraus, wer hinter diesem Spuk steckt."

Ein Spuk war es in der Tat. Inzwischen hatten es alle gemerkt. Als Kai am Kiosk von Naschi-Paul vorbeikam, fiel sein Blick auf die Schlagzeilen der ausgehängten Zeitungen. „NIE MEHR WEIHNACHTEN?", stand da oder „ALLES WEG!" oder „MORGEN, KINDER, WIRD'S NICHTS GEBEN!".

Kai las kurz, was nun wieder vorgefallen war: In den Geschäften waren endgültig alle Artikel verschwunden, die irgendwie mit Weihnachten zu tun hatten, auch CDs, DVDs, Bücher, Hefte und Spiele. Selbst die Filmrollen in den Kinos waren unauffindbar.

Kai zuckte mit den Schultern und ging weiter. Das war zu erwarten gewesen. Schlimm für alle Kinder. Aber am traurigsten war doch, dass Oma Muggenthaler so schäbig bestohlen worden war.

Hier und da auf dem Weg hörte Kai Erwachsene reden. Sie waren alle sehr zornig. „Und was macht die Polizei?“, fragten sie empört. Oder: „Denen da oben ist es wohl egal, ob wir Weihnachten feiern oder nicht!“ Damit meinten sie wohl die Regierung, die nach Kais Ansicht bestimmt nichts dafür konnte.

Die ganze Welt schien schlecht gelaunt. Auch auf dem Schulhof in der Pause war die Stimmung mies. Die Schüler unterhielten sich darüber, was sie sich gewünscht hatten und nun bestimmt nicht bekommen würden. Es war echt traurig.

Irgendwann stand Anastasia neben Kai. Als er fragte, wie denn die Mathearbeit gelaufen sei, grinste sie verlegen. „Also?“, fragte Kai.

Ein größerer Junge mit pechschwarzen Haaren drängte sich zwischen sie und sagte stolz: „Ist gut gelaufen, ich hab sie abschreiben lassen.“

„Das ist Fernando“, sagte Anastasia.

„Du hast abgeschrieben?“, rief Kai entsetzt. „Wofür haben wir denn gestern gepaukt?“

Anastasia sah zu Boden.

Fernando schob sich vor sie und sagte: „Ey, ist doch cool, dass sie jetzt voll auf der sicheren Seite ist, oder?"

Anastasia versuchte Fernando ein Stück beiseitezuschieben und schaute Kai unglücklich an: „Es war halt einfacher."

„Es ist immer besser, wenn man auf die eigenen Kräfte vertraut", sagte Kai.

„Ey, auf mich kannst du immer vertrauen", sagte Fernando und legte einen Arm um Anastasia. Die versuchte ihn abzuschütteln, aber das ging nicht.

„Ist er so ein Mathegenie, dass du dich lieber auf ihn verlässt als auf dich selbst?", fragte Kai. Er war jetzt richtig sauer.

„Klar bin ich ein Genie", schnaubte Fernando.

„Ist ja toll, dass du so eine hohe Meinung von dir hast", sagte Kai.

Fernando kniff die Augen zusammen. „Willst du mich beleidigen oder was? Dann nimm erst mal die Brille ab." Kai nahm die Brille ab.

„Kai, was soll denn das!", rief Anastasia.

„Nimm seine Brille", sagte Fernando. „Sonst fällt sie ihm runter, wenn ich ihm eine reinhaue!"

Kai hielt Anastasia die Brille hin und schaute mutig zu Fernando hoch, der nicht nur einen Kopf größer war als er, sondern auch ein ganzes Stück breiter. Anastasia weigerte sich, die Brille anzunehmen.

„Übrigens muss ich dich warnen", sagte Kai zu Fernando. „Ich bin Boxmeister im Fliegengewicht."

Fernando runzelte die Stirn. „Wie jetzt?"

„Seine Spezialität sind linke Haken", sagte Anastasia. „Im Box-Verein nennen sie ihn Kai-O. Wie k. o., verstehst du?"

Fernando war verwirrt. Unwillkürlich fuhr er sich mit der Hand ans Kinn, an die Stelle, wo er womöglich jeden Moment Kais gefürchteten Haken spüren konnte.

„Aber Kai, du solltest Fernando lieber nicht k. o. schlagen. Er wollte dir nämlich noch eine wichtige Information geben."

„Wie jetzt", fragte Fernando, „das ist der Detektiv?"

„Boxchampion, Mathegenie und Privatdetektiv Kai Muggenthaler", sagte Anastasia. Fast war Kai schon wieder versöhnt mit ihr.

Die Schulglocke ertönte, die Pause war leider schon zu Ende.

Fernando schaute sich um, ob auch niemand zuhörte, und senkte die Stimme. „Okay, Alter, pass auf. Ihr sucht 'ne Kindergang, die als Diebesbande unterwegs ist? Vielleicht sogar eine, die im Auftrag von Erwachsenen Einbrüche macht?"

Kai nickte.

„Dann geh mal zum Bahnhof", fuhr Fernando fort. „Da arbeiten ein paar Freunde von mir, die die Schule geschmissen haben. Pickpockets, du weißt schon."

Pickpockets? Was sollte das denn nun heißen?, fragte sich Kai, aber er nickte, weil er nicht zugeben wollte, dass er dieses Wort nicht kannte.

„Einer heißt Luca", sagte Fernando. „Sag ihm, ich hab dich geschickt, dann redet er mit dir. Aber verpfeif sie nicht, sonst geht's dir schlecht."

„Ist schon klar", sagte Kai.

Die Schulglocke ertönte zum zweiten und letzten Mal. Fernando schaute sich nervös um. Der Schulhof war schon ziemlich leer.

„Ich muss", sagte er hastig. „Der Deutschlehrer ist nicht gut auf mich zu sprechen." Sein Arm lag immer noch auf Anastasias Schulter und er zog sie mit sich fort. Mit der freien Hand fasste er hinter seinem Rücken nach ihrem linken Arm und legte ihn sich um die Hüfte. So gingen sie wie ein Paar Richtung Klasse.

Bescheuert, dachte Kai. Wer bei dem abschreibt, muss total bescheuert sein. Außerdem hat sie gestern alles gekonnt. Und dann vertraut sie diesem Angeber, bloß weil er ein Stück größer ist. Aber irgendwann bin ich auch so groß und dann lege ich meinen Arm um ihre Schulter. Mal sehen, was dann passiert.

Genauso schlecht gelaunt wie alle anderen Menschen an diesem Tag trottete Kai zum Klassenraum zurück. Zur großen Verwunderung des Lehrers kam er zu spät und entschuldigte sich noch nicht einmal dafür.

## Elftes Kapitel,

in dem Kai eine Diebesbande stellt und trotzdem verhaftet wird

Im Englischwörterbuch, das im Klassenschrank stand, schlug Kai das Wort „pickpocket“ nach und fand heraus, dass es „Taschendieb“ bedeutete. Das waren ja feine Freunde, die Fernando da hatte. Und warum hatte er Kai diese Information gegeben? Bestimmt nur, um vor Anastasia anzugeben.

Na egal, eine Spur war eine Spur. Wie ein Detektiv darauf gekommen ist, spielte keine Rolle.

Als der Unterricht zu Ende war, rannte Kai als Erster aus dem Klassenraum und wählte noch im Treppenhaus die Nummer von zu Hause. Oma Muggenthaler war gar nicht erfreut, als er ihr sagte, er hätte noch was zu erledigen und käme später zum Mittagessen.

Ein kalter Westwind wehte Kai auf dem Weg zum Bahnhof hässlichen Schneeregen ins Gesicht.

In der Bahnhofshalle wogten Menschenmassen hierhin und dahin, versammelten sich vor Kartenautomaten, Imbissständen, Fahrkartenschaltern, Info-Theken, Zeitungskiosken und den Zugängen zu den Bahnsteigen.

Alle Leute wollten schnell irgendwohin, wo andere gerade herkamen, und brauchten für den Weg unbedingt etwas zu lesen, zu essen, zu trinken oder mussten irgendwelchen Müll wegwerfen. Alle sahen aus, als würde es ihnen hier am Bahnhof überhaupt nicht gefallen. Sie wollten so schnell wie möglich weg: runter ins Untergeschoss zur S-Bahn, raus auf den Vorplatz zu den Bussen und Straßenbahnen oder rüber auf die Bahnsteige zu den Vorort- oder Fernzügen.

Wo kommen die bloß alle her, wo wollen die bloß alle hin?, dachte Kai. Er stand vor einer Säule neben dem Info-Stand vor den Fahrplänen und fühlte sich wie ein kleiner Stein in der Meeresbrandung. Und nun? Wo waren die Pickpockets?

Augen auf!, sagte er zu sich selbst. Jetzt kannst du zeigen, ob du wirklich ein guter Detektiv bist. Wenn es Freunde oder Bekannte von diesem Fernando sind, dann sind sie so ungefähr in seinem Alter, und wahrscheinlich sind es Jungs. Er

entschloss sich, alle Jungs zwischen zehn und zwölf Jahren genauer anzusehen.

Es waren gar nicht so wenige, denn es war ja ein ständiges Kommen und Gehen. Kai sortierte diejenigen aus, die in Begleitung eines Erwachsenen waren. Er sortierte die aus, die mit einem Koffer unterwegs waren oder einen Ranzen auf dem Rücken hatten. Pickpockets, so überlegte er, müssen beweglich sein, die tragen nichts Schweres bei sich. Allzu brav werden sie wohl auch nicht aussehen, denn sie sind ja Kriminelle.

Kais Blick fiel auf eine Gruppe junger Typen in tief hängenden Baggy-Jeans und Bomberjacken. Eigentlich sahen die schon zu auffällig aus, fand er. Ne-

ben der Gruppe in einer Ecke stand ein Junge von etwa zehn Jahren, der normal und unscheinbar gekleidet war, Pudelmütze, Parka, Jeans – alles dunkelblau. An ihm vorbei ging ein anderer, der haargenau gleich angezogen war. Sie sahen sich kurz an, nickten sich knapp zu und ihre Hände trafen sich kurz zu einem Gruß, dann war der eine schon vorbeigegangen und blieb neben einem Pommes-Stand stehen.

Beide ließen ihre Blicke die ganze Zeit über die Passanten schweifen.

Ein Dritter kam. Er nickte erst dem einen, dann dem anderen zu und stellte sich neben einen Fahrkartenautomaten. Dann gingen sie alle drei gleichzeitig wie auf Kommando los und verschwanden in der Menschenmenge. Einige Zeit später tauchten sie wieder an ihren Plätzen auf, jeder genau da, wo er vorher gestanden hatte. Dann wieder wie auf Kommando in die Menge, kurz darauf zurück auf dem Posten.

Kai ging ihnen hinterher und sah zu. Zuerst kapierte er nicht, was los war, sondern verlor die drei aus den Augen. Aber die Frau, hinter der sie hergegangen waren, verhielt sich mit einem Mal auffällig. Vor einem Fahrkartenautomaten angekommen, durchsuchte sie ihre Handtasche und wurde immer nervöser und hektischer. Ganz blass im Gesicht murmelte sie „mein Geld!“ und sah sehr unglücklich aus.

Aha, dachte Kai, so geht das also. Und dann beobachtete er, wie sie es machten: Einer suchte in der Menge ein geeignetes Opfer, also jemanden, der gerade irgendwo zahlte und danach seine Geldbörse nachlässig in die Tasche steckte. Dann liefen sie hinter der Person her. Einer überholte das Opfer, drehte um, rempelte es an und entschuldigte sich. Im gleichen Moment zog der Zweite die Brieftasche aus der Jacken-, Hosen- oder Handtasche des Opfers und reichte sie dem Komplizen hinter sich. Der Dritte rannte sofort weg, nahm im Laufen das Geld aus dem Portemonnaie, traf ein Stück weiter den Ersten, gab ihm das Geld und rannte aus dem Bahnhof, um die Brieftasche in einen Mülleimer zu werfen. Jetzt hatten sie nur noch das Geld und niemand konnte ihnen etwas beweisen. Nach einer Weile fingen sie wieder von vorne an.

Kai überlegte noch, wie er die drei ansprechen könnte, erkannte aber, dass sie ihn bereits bemerkt hatten und misstrauisch anstarrten. Sie nickten einander zu und bahnten sich einen Weg durch den Strom der Passanten. Sie kamen direkt auf ihn zu.

Jetzt standen sie vor ihm und blickten ihn feindselig an. „Was willst du?“, fragte der Älteste. „Warum beobachtest du uns? Bist du ein Spitzel?“

Kai blieb ganz ruhig: „Kennt ihr Fernando?“

Die drei sahen einander an und zuckten mit den Schultern.

„Ich bin Detektiv und suche die Weihnachtsdiebe“, sagte Kai zu dem Anführer. „Und du bist Luca.“

Wieder sahen die drei einander an und zogen die Schultern hoch. Dann gab der Ältere zu: „Ich bin Luca.“

„Fernando meinte, ihr könntet mir vielleicht einen Tipp geben. Es gibt Hinweise, dass es eine Kinderbande ist. Oder eine Bande von Erwachsenen, die Kinder benutzt."

Luca tippte sich mit dem Finger an die Stirn. „Du meinst die Leute, die die Weihnachtsdeko klauen. Glaubst du, wir machen so einen Quatsch? Was sollen wir mit dem Zeug?"

„Verkaufen vielleicht", vermutete Kai.

„Verkaufen musst du, wenn du kein Geld hast. Wir haben Geld."

„Na gut, aber vielleicht wisst ihr, wer dahintersteckt."

„Wüssten wir selbst gern", sagte Luca. „Die verderben uns nämlich das Geschäft. Es sind total viele Polizisten unterwegs deswegen. Es ist echt schwer geworden für uns."

„Dann helft mir doch, sie zu finden."

„Wie sollen wir das machen?"

„Augen aufhalten. Ihr habt doch einen Blick für so was. Vielleicht kennt ihr auch andere Diebe, die etwas wissen. Hier, meine Karte. Ruft mich an. Ich habe ein Detektivbüro." Kai reichte Luca seine Visitenkarte.

Plötzlich zischelte einer von Lucas Freunden etwas. Der andere drehte sich flink um die eigene Achse, dann flüsterte er: „Cops!", und schon waren die drei in der Menschenmenge verschwunden.

Neben Kai tauchten zwei dunkelblau Uniformierte auf mit Schlagstöcken, Handschellen, Pistolen und Funkgeräten am Gürtel. Sie legten Kai die schweren behandschuhten Hände auf die Schultern und sagten mit drohendem Unterton: „Na, Kleiner, dann zeig uns mal, was die drei dir gerade gegeben haben!“

Kai schaute auf und lächelte. Die Polizisten lächelten nicht.

„Das ist ein Missverständnis“, sagte Kai. „Ich hab ihnen was gegeben.“

„So, so“, sagte der eine Polizist. „Eine Geldbörse vielleicht?“

„Nein, eine Visitenkarte.“

„Ha, ha“, sagte der andere Polizist. „Du bist wohl Geschäftsmann?“

„Nein, Privatdetektiv.“

„Willst du uns veräppeln?“

„Bestimmt nicht, Herr Wachtmeister.“

„Na, dann komm mal mit. Wir wollen dich jemandem vorstellen.“

Und nun wurde es unangenehm. Die Polizisten brachten Kai zum Posten der Bahnhofspolizei. Dort erwartete sie die Frau, die vorhin bestohlen worden war.

„Kennen Sie den Jungen?“, fragte der eine Polizist und schob Kai vor die Frau, damit sie ihn mustern konnte.

„Ja“, sagte sie. „Der ist hinter mir hergelaufen und stand ganz in meiner Nähe, als ich feststellte, dass mir das Portemonnaie gestohlen worden war.“

„Aber das war ich nicht!“, rief Kai. „Ich habe die Diebe doch nur beschattet.“

„Das ist ja interessant“, sagte der eine Polizist. „Dann werden wir mal deine Personalien aufnehmen und deine Aussage. Aber vorher wirst du durchsucht!“

Er öffnete eine graue Tür, die auf einen langen kahlen Flur führte. „Da entlang!“

## Zwölftes Kapitel,

in dem Kai klarwird, dass der Fall beängstigende Ausmaße angenommen hat

Nachdem ein dicker Beamter mit rotem Gesicht ihn abgetastet und natürlich nichts gefunden hatte, führte ein jüngerer Polizist, der sehr lang und dünn war, ihn in ein kleines Büro mit grauen Wänden, grauen Tischen, grauen Schränken und grauen Computern.

Er nahm Kais Personalien auf – Name, Alter, Adresse, Name der Eltern, Name der Schule – und wollte dann die Namen seiner Komplizen wissen. Kai versuchte ihm zu erklären, dass er nicht zu der Diebesbande gehörte, aber der Beamte glaubte ihm nicht.

Einen Riesenschreck bekam Kai, als der Polizist ihm mitteilte, er müsse jetzt bei ihm zu Hause anrufen, damit ihn jemand abholte. Um Himmels willen, Oma Muggenthaler würde vor Schreck in Ohnmacht fallen! Und wie peinlich es wäre, wenn seine Eltern erfuhren, dass er sich bei der Detektivarbeit verdächtig gemacht hatte!

Der Polizist griff schon nach dem Hörer, da kam Kai der rettende Gedanke: „Warten Sie!", rief er. „Fragen Sie Onkel Ernst! Er kann alles erklären!"

„Onkel Ernst?“, fragte der Polizist. „Wer soll denn das sein?“

„Das ist ein Kollege von Ihnen … er war mal Polizist“, sagte Kai. Und fügte hinzu: „Er passt auf mich auf, im Auftrag meiner Eltern.“

„Onkel Ernst?“, brummte der Beamte. „Hat der auch einen Nachnamen?“

„Faller, Ernst Faller. Er war früher mal Kommissar.“

Der Polizist war nicht sehr beeindruckt: „Kommissar Faller? Kenne ich nicht.“

„Fragen Sie doch Ihre Kollegen!“

Der junge Beamte stand auf und ging ins Nebenzimmer. Kurz darauf kam er mit dem rotgesichtigen Dicken zurück. Der machte ein etwas freundlicheres Gesicht als eben noch. „Du kennst Kommissar Faller?“, fragte er und kniff dabei seine Augen zusammen.

„Das ist mein Freund“, verbesserte Kai. „Er berät mich in kriminalistischen Dingen.“

„So, so. Ich kenne den alten Faller noch von früher. Bin mal mit ihm auf Streife gewesen. Er hat mich ausgebildet. Später ist er dann zur Kripo. War einer der Besten. Wie geht's ihm denn so?“

„Gut, aber er verlässt nicht mehr so gern das Haus. Eigentlich gar nicht.“

„Hat ja auch schon ein paar Jährchen auf dem Buckel. Und wenn ich ihn jetzt anrufe, den alten Faller, dann sagt er: Sieh mal an, der kleine Karl Muggenthaler hat mal wieder was ausgefressen, hm?“

„Nein, er wird sagen: Kai ist ein Kollege, lasst ihn sofort frei."

„Aha", brummte der dicke Polizist ungläubig. „Dann will ich ihn mal anrufen. Hast du die Nummer im Kopf?"

Kai sagte sie ihm vor, und der Dicke ging ins Nebenzimmer. Wenig später kam er zurück.

„Und? Was hat dein ehemaliger Kollege gesagt?", fragte der jüngere Polizist.

„Er hat gesagt: ‚Kai ist ein Kollege, lasst ihn sofort frei.'"

„Oh", sagte der junge Polizist verwundert.

„Er hat mir versichert, dass du an einem wichtigen Fall arbeitest", sagte der Dicke zu Kai. „Um was es sich handelt, wollte er nicht verraten, aber das ist schon in Ordnung. Du kannst gehen."

Kai sprang von dem Stuhl auf, auf dem er die ganze Zeit unruhig herumgerutscht war: „Ehrlich?"

„Er hat sich für dich verbürgt, also zisch ab."

Kai strahlte übers ganze Gesicht. „Danke."

„Pass trotzdem auf, mit wem du dich einlässt", brummte der dicke Polizist, „auch wenn du Detektiv bist."

Kai verließ die graue Polizeistation und atmete auf, als er auf die Straße kam. Natürlich ging er schnurstracks zu seinem Retter. Er musste sich ja bedanken.

Onkel Ernst erwartete ihn schon. „Komm rein, Kai, ich hab uns zwei steife Grogs gemacht."

Kai betrat das Wohnzimmer und protestierte: „Aber Onkel Ernst, ich darf doch keinen Rum trinken!"

Onkel Ernst lachte: „Du bekommst ja auch einen Pfefferminzgrog. Mach mal das Fenster zu und setz dich zu mir."

Kai schloss das Fenster und schob einen Stuhl vor den Ohrensessel seines kriminalistischen Beraters.

„Ein Gutes hatte deine Verhaftung ja", sagte Onkel Ernst, nachdem er an seinem Glas genippt hatte. „Ich hab mal wieder mit dem dicken Oswald gesprochen. Dem hab ich vor Urzeiten mal das Polizistenhandwerk beigebracht. Aber nun erzähl mir mal, wie es passieren konnte, dass man dich verdächtigt hat, zu einer Diebesbande zu gehören."

Kai erstattete Bericht: Wie Anastasia ihm den blöden Fernando vorgestellt hatte, und wie dieser Angeber ihm von der Taschendieb-Bande am Bahnhof erzählt hatte. Kai schilderte, wie er die Taschendiebe am Bahnhof gesucht und gefunden hatte und wie er verhaftet worden war. Dann fiel ihm ein, dass er ja noch etwas Wichtiges vergessen hatte. Also erzählte er noch von den gestohlenen Lebkuchen und dem Schlafmittel für Iwan und dem goldenen Knochen.

„Donnerkeil!", rief Onkel Ernst. „Das nimmt ja beängstigende Ausmaße an. Einsatz von chemischen Kampfstoffen. Das gefällt mir aber gar nicht. Nun ist also schon ein Tier zu Schaden gekommen. Da ist zu befürchten, dass die Täter auch vor Übergriffen auf Menschen nicht zurückschrecken. Das ist ja so eine traurige Regel, dass Verbrecher in ihren Methoden Schritt für Schritt skrupelloser und gemeiner werden. Das gefällt mir ganz und gar nicht!"

„Aber wieso haben die einen vergoldeten Knochen hingelegt? Das verstehe ich überhaupt nicht", sagte Kai.

Onkel Ernst griff nach der Tabakspfeife, die auf dem Tisch neben seinem Sessel lag, und führte sie zum Mund. Natürlich ohne sie anzuzünden. Er dachte nach, nickte vor sich hin und sagte: „Das war eine Warnung."

„Wovor will man mich denn warnen?"

„Vor schlimmen Folgen, mit denen du rechnen musst, wenn du mit deinen Ermittlungen nicht aufhörst."

„Aber ich kann doch mit meinen Ermittlungen gar nicht aufhören", empörte sich Kai. „Ich habe doch einen Auftrag bekommen, von dieser Michaela Cherubina. Außerdem sind auf der ganzen Welt die Weihnachtssachen gestohlen worden. Und Omas Lebkuchen! Und Iwan wurde betäubt! Da kann ich doch nicht aufhören! Diesen Verbrechern muss das Handwerk gelegt werden!"

Onkel Ernst lächelte: „Du redest wie ein echter Detektiv. Aber manchmal muss man überlegen, ob die Folgen einer Ermittlung wirklich die Gefahr lohnen, in die man sich begibt."

„Ob es sich lohnt?", rief Kai. „Den Kindern auf der Welt wird Weihnachten gestohlen, und du fragst, ob es sich lohnt?"

„Gut gesprochen, Kai", sagte Onkel Ernst. „Aber ..."

Er schaute ruckartig zum Fenster. „He! Was war denn das da eben?“ Er hob den Arm.

Kai, der unwillkürlich seinem Blick gefolgt war, bemerkte einen kleinen schwarzen Schatten, der aber schon verschwunden war, bevor er seine Umrisse richtig erkennen konnte.

„Schnell!“, zischte Onkel Ernst. „Da ist einer!“

Kai sprang auf, war mit zwei Schritten am Fenster und riss die Flügel auf. Ein Schwall kalter Luft kam ihm entgegen. Hörte er da eilige Schritte? Kai horchte. Da? Nein, nichts.

„Was ist?“, rief Onkel Ernst. „Da war doch einer!“

„Niemand zu sehen“, stellte Kai fest.

„Da war was auf dem Fenstersims“, beharrte Onkel Ernst. „Und ist dann runtergesprungen.“

„Vielleicht eine Katze“, vermutete Kai.

Er schaute vom Fenster nach unten. Da vor der Hauswand lag etwas auf dem Pflaster. „Da ist was Schwarzes“, sagte er.

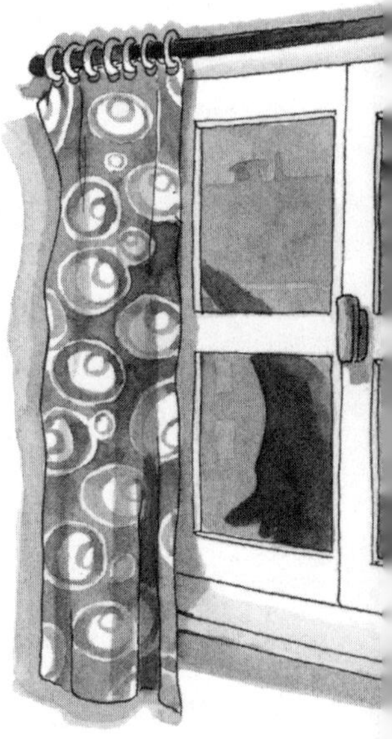

„Na bitte. Was denn?“

„Sieht aus wie eine Zipfelmütze.“

„Hol sie schnell rein.“

Kai ging nach draußen und bückte sich. Es war wirklich eine schwarze Zipfelmütze. Sie war so klein, dass sie auf Kais Kopf nicht gepasst hätte. Er hob sie hoch, um sie Onkel Ernst durchs Fenster hindurch zu zeigen.

„Sehr gut“, sagte der zufrieden. „Die untersuche ich nachher im Labor.“

## Dreizehntes Kapitel,

in dem eine wichtige Person verschwindet und eine Spur zum Güterbahnhof führt

Kai verabschiedete sich von Onkel Ernst und überquerte den Fabrikhof, um kurz in seinem Büro nach dem Rechten zu sehen. Kaum hatte er das Treppenhaus betreten, stutzte er. Irgendwas war komisch, aber was? Kai blieb stehen und schaute sich um. Alles war wie immer. Aber es roch anders. Zimt? Und dann entdeckte er unter seinem Briefkasten etwas Glitzerndes. Er kniete sich hin. Was war das denn? Glänzender Puder, schimmernder Sternenstaub?

Er schaute nach Post im Briefkasten und fand einen hellblauen Briefumschlag. Als er ihn öffnete, rieselte der Glitzerstaub heraus. Auf einer blauen Karte stand mit Silbertinte: „Lieber Kai, bitte streng Dich an! Du bist unsere letzte Hoffnung. Michaela".

Kai hatte das Gefühl, als würde mit einem Mal eine schwere Last auf seinen Schultern liegen. Ich? Die letzte Hoffnung?, dachte er bange. Ich ganz allein? Wie soll ich das denn schaffen?

Er stieg die Treppe nach oben in sein Büro und kontrollierte den Anrufbeantworter – nichts. Er schaute sich Anastasias Pult im Vorzimmer genau an – sie war offensichtlich nicht da gewesen. Wenn sie jetzt in Mathe immer bei diesem Fernando abschreibt, will sie vielleicht gar nicht mehr, dass ich ihr was beibringe, dachte Kai. Aber dann habe ich auch keine Assistentin mehr. Und wie soll ich ohne sie diesen verflixten Fall lösen?

Kai griff nach dem Telefonhörer auf Anastasias Pult und wählte ihre Nummer. Niemand ging dran. Anastasia hatte viele Geschwister. Eigentlich war immer jemand bei ihr zu Hause. Vielleicht war das Telefon abgestellt worden, weil die Eltern mal wieder die Rechnung nicht bezahlen konnten? Kai legte den Hörer auf und entschied, dass er auf dem Nachhauseweg bei ihr vorbeischauen wollte.

Sein Weg führte ihn durch die Fußgängerzone, die von normalen Straßenlaternen erleuchtet wurde und sehr trist wirkte. Es waren nur wenige Leute unterwegs.

An der Ecke zur Bahnhofstraße entdeckte Kai den Obdachlosen, der behauptet hatte, er hätte einen der Weihnachtsdiebe auf den Mond geschossen. Er saß auf einer Bank und starrte vor sich hin. Regentropfen und Eiskristalle glitzerten auf dem verbeulten schwarzen Hut, der sein Gesicht verdeckte. Vielleicht hatte er ja eine neue verrückte Geschichte auf Lager? Kai blieb vor ihm stehen und wünschte einen guten Abend.

„Ha!“, sagte der Mann und schaute gar nicht auf.

„Erinnern Sie sich noch an mich?“, fragte Kai.

„Ich erinnere mich an nichts und niemanden und habe auch nicht vor, es zu tun."

Kai gab nicht auf. „Ich bin der Detektiv, der die Weihnachtsdiebe sucht."

„Viel Spaß." Der Mann drehte sich ein Stück weg.

„Sie brauchen doch bestimmt Geld." Kai suchte in seinem Mantel nach dem Portemonnaie. „Soll ich Ihnen was geben?"

Der Mann drehte sich wieder zu ihm hin, schaute ihn aber nicht an, sondern hielt nur die Hand auf.

„Hier, das ist alles, was ich habe." Kai legte einen Fünfeuroschein in die riesige, behaarte Hand des Mannes. Der schloss die Hand zur Faust, hörte es knistern und hob erstaunt den Kopf.

„So viel?", fragte er und schien hin- und hergerissen, ob er das Geld annehmen sollte, oder ob es nicht zu schäbig wäre, einem Jungen sein ganzes Taschengeld wegzunehmen.

Der Mann stand da und überlegte. Es dauerte so lange, dass Kai dachte, er hätte ihn völlig vergessen. Da fing der Mann an, etwas vor sich hin zu brabbeln: „Weihnachtsdiebe, ha! Ihr wisst doch gar nichts. Gar nichts wisst ihr. Das ist eine ganze Armee. Lauter schwarze kleine Monster. Und manche reiten auf riesigen Hunden. Ihr denkt, die wollen bloß Sachen klauen, aber ich sag euch, sie wollen die Welt erobern! Das sind viele! Viel mehr, als ihr euch vorstellen könnt."

„Was denn für Hunde?", fragte Kai flüsternd, weil

ihm die Geschichte zwar unglaubwürdig, aber dennoch unheimlich vorkam.

„Fliegende Hunde", sagte der Mann.

„Hunde können doch nicht fliegen", widersprach Kai. Er war jetzt enttäuscht. Der Mann erzählte doch nur Unsinn. Nun hob der Mann seinen Kopf und unter der breiten Hutkrempe blitzten seine Augen zornig auf. „Nee? Können sie nicht? Und was ist, wenn doch, hm? Ich hab einem einen Tritt gegeben, und da ist er weggeflogen. So groß war der Hund." Er hob die Hand über den Kopf.

„So große Hunde gibt's nicht", sagte Kai ungläubig.

„Doch! Die haben sogar Hundeschlitten gezogen."

„Schlitten?" Kai schüttelte den Kopf. „Es liegt doch gar kein Schnee."

„Ich sag doch, dass die fliegen können, Junge!"

„Und wo sind sie dann hingeflogen?"

„Dahin, wo die anderen hingegangen sind. Das ganze Pack ist in die gleiche Richtung marschiert. Mit dem ganzen Krempel, den sie geklaut haben."

„Wohin denn?"

Der Mann blickte ihn listig an. „Wohin würdest du denn die ganzen Sachen bringen, wenn du sie abtransportieren willst?"

Kai zuckte mit den Schultern. „Lastwagen?"

Der Mann schüttelte den Kopf. „Eisenbahn. Die sind zum Güterbahnhof. Ich bin hinterher."

„Warum?", fragte Kai zweifelnd.

„Warum was?“

„Warum sind Sie hinterhergegangen?“

„Weil ich da schlafen wollte! Die meisten Schuppen sind leer. Da hast du Platz wie in einem Schloss.“

„Und dann, was haben die da gemacht?“

„Alles in Waggons geladen, was denkst du denn?“

„Und dann haben sie eine Lokomotive vorne angekoppelt und sind abgedampft“, sagte Kai spöttisch.

„Nee, ohne Lok, einfach so.“

„Ich glaube Ihnen kein Wort.“

„So war's aber.“

„Dann führen Sie mich doch hin. Wenn Sie sowieso dort übernachten.“

Der Mann hob abwehrend beide Arme. „Nee, nee! Da kriegt mich keiner mehr hin.“

„Wieso?“

„Die haben mich rausgeschmissen. Ich schlaf jetzt lieber wieder im Heim.“

„Wie haben die Sie denn rausgeschmissen? Ich denke, die waren so klein?“

„Na, die Hunde! Die hatten so 'n Ding am Kopf. Damit. Ich hab heute noch blaue Flecken überall.“

„Was denn für ein Ding?“, wollte Kai fragen, da summte sein Handy in der Hosentasche. Er fummelte es heraus, meldete sich und hörte die strenge Stimme seiner Großmutter: „Kai, wo bleibst du? Das Essen ist fertig. Und um Iwan muss sich auch mal jemand kümmern.“

„Oh, Omi, äh, ich bin aber gerade beschäftigt.“

„Karl Hinrich Muggenthaler, du kommst jetzt auf der Stelle nach Hause, es ist spät!“

„Ja, okay“, stöhnte Kai. „Hat Anastasia sich gemeldet?“

„Nein.“

„Dann gehe ich noch kurz bei ihr vorbei, okay?“

„Aber komm danach so schnell wie möglich nach Hause!“, rief Oma Muggenthaler und legte auf.

„Ganz schön lästig, so ein Handy“, stellte der Mann grinsend fest. „Schenk's mir, dann bist du es los.“

„Quatsch.“ Kai schüttelte den Kopf.

Kurz darauf stand er vor der Wohnungstür im fünften Stock, in dem Anastasia mit ihren Eltern und zahlreichen Geschwistern wohnte. Ihr älterer Bruder Lenny machte auf und sagte: „Anna ist nicht da.“

Drinnen herrschte ein Höllenlärm. Die kleineren Geschwister tobten herum, die größeren ließen gleichzeitig mehrere Ghettoblaster laufen. Klar, dass man da nicht Mathe üben konnte.

„Wo ist sie denn?“, fragte Kai.

„Keine Ahnung“, sagte Lenny und knallte die Tür zu.

„Es ist doch schon spät“, wollte Kai noch sagen, und: „Jemand muss sie suchen.“ Aber ihm wurde klar, dass keiner auf ihn hören würde.

Gedrückter Stimmung ging er nach Hause.

Iwan war wieder gesund, und Omas Hefeklöße mit Aprikosenkompott schmeckten großartig. Aber Kai konnte sich nicht wirklich daran erfreuen.

## Vierzehntes Kapitel,

in dem ein Drohbrief ankommt und eine verdächtige Person auftaucht

Oma Muggenthaler und Iwan schauten Kai ungläubig an, als er am nächsten Morgen ohne Mahnung aus dem Bett stieg, sich das Müsli selbst machte und eine Dreiviertelstunde zu früh zur Schule aufbrach. Da er morgens meistens nicht besonders gesprächig war, hatte er darauf verzichtet, ihnen zu erklären, was er vorhatte. Was gab's da auch groß zu erklären? Er wollte bloß einen Schlenker über den Bahnhof machen und herausfinden, von wo aus die Güterzüge abfuhren.

Es war noch dunkel. Ein eisiger Wind wehte durch die Fußgängerzone, vereinzelte Menschen gingen zur Arbeit, die Schultern hochgezogen, die Mützen tief ins Gesicht gezogen, und jeder sah aus, als wollte er mit den anderen nichts zu tun haben. Wenn Kinder zur Schule gehen, dachte Kai, ist das aber anders, die reden miteinander und lachen, auch wenn es kalt und dunkel und frühmorgens ist. Man fragt sich wirklich, ob es sich lohnt, erwachsen zu werden.

Er erreichte den Bahnhof, durchquerte die Halle und

gelangte hinter Gleis 13 über die Zufahrt zum Autoreisezug auf das Gelände des Güterbahnhofs. Es war eine merkwürdige Ecke. Schäbige Lagerhallen hockten geduckt nebeneinander, ein undurchsichtiges Gewirr von Schienen erstreckte sich unter einem Meer von hohen Laternen, die ein eher dunkelgelbes Licht ausstrahlten, vereinzelt standen Waggons allein oder aneinandergereiht herum. Aber es tat sich nichts. Wo waren die Arbeiter? Wo wurde verladen? Wo fuhr ein Zug? Wieso sah man keine Lokomotiven? Und müssten hier nicht Lastwagen herumkurven, die Güter abholten und brachten?

Kai blieb vor der Laderampe eines Schuppens stehen. Niemand zu sehen. Nur ein Schild: BÜRO. Ein dicker Pfeil deutete nach links. Kai stieg ein paar Treppenstufen hoch und ging dem Pfeil nach, über die Rampe. Mit jedem Schritt geriet er mehr in den dunklen Schatten und mit jedem Schritt wurde er langsamer.

Ein greller Lichtschein blitzte auf und blendete ihn. Kai schrak zusammen. Ein Bewegungsmelder hatte einen Scheinwerfer eingeschaltet, der nun die ganze Rampe erhellte. Hinter der Lichtquelle tauchte eine breite große Gestalt auf.

Der Mann, dessen Gesicht kaum zu erkennen war, bellte unfreundlich: „Was willst du denn hier?"

„Äh …" Kai wusste nicht, was er darauf antworten sollte. Ich suche die Weihnachtsdiebe? Lieber nicht.

„Ich … ich soll hier was abholen."

„Abholen? Hier kann man nichts abholen", sagte der

Mann und trat hinter dem Scheinwerfer hervor. Er trug einen Overall und eine dicke Jacke darüber.

„Expressgut“, sagte Kai, der das Wort mal irgendwo gehört hatte. Es schien auf einen Güterbahnhof zu passen.

„Was soll der Unsinn!“, raunzte der Mann. „Expressgut gibt's hier nicht mehr. Auch kein Stückgut. Nur noch Container, am Stadtrand auf dem neuen Güterbahnhof. Hier ist alles leer und die Gleise sind verrostet.“

„Ach so“, murmelte Kai, dem die Situation langsam peinlich wurde.

„Wenn du Pakete verschicken willst, musst du zur Post gehen oder zu einem Versanddienst.“

„Ja, gut, vielen Dank“, sagte Kai. „Ich dachte nur, hier könnte in letzter Zeit vielleicht doch mal ein Güterzug gefahren sein. Ist nicht neulich mal was verladen worden?“

„Was soll die Frage?“, sagte der Mann misstrauisch. „Ich sagte doch, hier ist alles tot.“

„Ich hab gehört, hier ist neulich ein Güterzug beladen worden“, beharrte Kai. „Nachts.“

„Du spinnst wohl. Nachts hab ich Dienst. Ich weiß doch, was hier los ist. Du stiehlst mir die Zeit mit deinem Gequatsche. Zieh Leine, Kleiner! Musst du nicht in die Schule?“ Der Mann wedelte ungeduldig mit den Händen. Über ihm entdeckte Kai eine Uhr, deren Ziffernblatt schon angerostet war. Zehn vor acht. Oh nein, dachte Kai, ich komme zu spät!

Er drehte sich um, sprang von der Rampe und eilte davon. Der Nachtwächter rief ihm hinterher, er solle sich ja nicht wieder blicken lassen.

Kai kam tatsächlich zu spät und bekam einen Eintrag ins Klassenbuch. Das war ihm noch nie passiert.

In der Pause hielt er Ausschau nach Anastasia, konnte sie aber nirgends entdecken. Notgedrungen fragte er Fernando nach ihr, aber der wusste auch nichts und schien sich nicht besonders dafür zu interessieren.

Wo konnte sie nur sein? Es war ihr doch hoffentlich nichts passiert?

Auf dem Heimweg ging er bei Anastasias Familie vorbei und klingelte. Niemand machte auf.

Zu Hause beim Mittagessen wunderte sich Oma Muggenthaler, dass ihm das Gulasch nicht schmeckte.

Hastig erledigte er die Hausaufgaben und nahm Iwan mit zu Onkel Ernst. Iwan verstand ihn. Er wusste, dass er heute nicht fiepen und bellen durfte, weil Kai schlecht gelaunt war. Der Bernhardiner konnte Kais Gemüt besser lesen als die meisten Erwachsenen. Er hatte ihm beim Essen zugeschaut, den Kopf schief gelegt und ihm einmal ganz kurz zugenickt. Das sollte heißen: Wir werden sie finden, du hast ja mich.

Es war wirklich ein Glück, dass er Iwan hatte. Heute war Onkel Ernst nämlich auch keine große Hilfe.

„Großeinsatz in der City!", rief er, als er am Fenster erschien, nachdem Kai mehrfach geklingelt und geklopft hatte.

„Onkel Ernst! Was ist mit der Zipfelmütze?"

„Junge, du störst mich jetzt wirklich. Ich sitze am Funkgerät. Banküberfall! Riesensache! Da muss ich dabei sein. Das ist wie in alten Zeiten, Junge! Willst du nicht reinkommen und zuhören?"

Kai schüttelte den Kopf. Er wollte seinen eigenen Fall lösen.

„Die schwarze Zipfelmütze!", wiederholte er. „Du wolltest sie doch untersuchen."

Onkel Ernst seufzte. „Also gut, hör zu: Die Mütze ist aus eigenartiger Wolle gestrickt. Also nicht vom Schaf, sondern von einem anderen Tier, von welchem, weiß ich noch nicht. Es ist eindeutig eine Kindergröße, aber seltsamerweise habe ich graue Haare darin entdeckt. Alte Leute mit so kleinen Köpfen gibt es aber nicht. So, jetzt muss ich rein. Die Kollegen sind mit zehn Streifenwagen hinter den Bankräubern her!"

Damit verschwand Onkel Ernst im Innern seiner Wohnung und ließ Kai stehen.

„Wir sind von allen guten Geistern verlassen, Iwan", sagte Kai.

Der Bernhardiner hob eine Pfote, als wollte er sagen: Egal, wir machen einfach weiter.

„Du hast Recht", sagte Kai. „Ein Detektiv gibt niemals auf. Jetzt bist du eben mein Assistent."

Die beiden trotteten über den Fabrikhof und stiegen die Treppe zum Büro hinauf. Noch vor der Tür fing Iwan an zu fiepen.

„Sei doch still!", sagte Kai.

Aber Iwan bellte zweimal kurz und das hieß: „Achtung, aufgepasst!"

Kai stieß die Tür auf und ein kalter Lufthauch kam ihm entgegen. War die Heizung kaputt?

Nein. Eigenartigerweise stand ein Fenster im Vorzimmer auf.

„Anastasia?", rief Kai. Iwan bellte fragend.

Im Vorzimmer war niemand, auch nicht in Kais Büro. Aber auf dem Fußboden lag ein Umschlag. Kai riss ihn ungeduldig auf und zog einen Brief heraus. In krakeligen Großbuchstaben stand dort eine unheimliche Botschaft:

Kaum hatte Kai zu Ende gelesen, machte Iwan einen Satz zum Fenster, richtete sich auf, legte die Vorderpfoten auf das Fensterbrett und bellte so laut, dass es durch den Fabrikhof hallte wie Donnergrollen.

Kai trat neben ihn und spähte nach unten. Dort unten, in einer Ecke, die vom Fenster des Hauses von Onkel Ernst nicht einsehbar war, stand ein kleiner Mann mit breitkrempigem Hut und einem Geigenkasten in der Hand.

Ein kleiner Mann? Der da war viel zu klein, um ein normaler Mann zu sein. Aber auch zu kräftig gebaut, um ein Kind sein zu können. Ein Zwerg? Jedenfalls ein sehr kleiner Mensch. Hatte der die Botschaft hier hinterlassen?

Der kleine Mann blickte auf, sah Kai und Iwan am Fenster und setzte sich in Bewegung. Er strebte sehr eilig der Toreinfahrt zu.

„Das ist er, Iwan!“, rief Kai. „Los, hinterher!“

So schnell waren die beiden noch nie das Treppenhaus hinuntergerannt. Aber als sie die Toreinfahrt durchquert hatten und atemlos an der Straße ankamen, war von dem Verdächtigen nichts mehr zu sehen.

„Such, Iwan!“, rief Kai verzweifelt. „Such!“

## **Fünfzehntes Kapitel,**

in dem eine Verfolgungsjagd leider ein peinliches Ende nimmt

**K**ai und Iwan gingen zu der Stelle zurück, wo der kleine Mann gestanden hatte. Iwan war ein reinrassiger Bernhardiner mit allerbestem Stammbaum und deshalb ein ausgezeichneter Spürhund. Er brauchte kaum zwei Sekunden, um Witterung aufzunehmen und sich in Bewegung zu setzen.

Und so begann eine Verfolgungsjagd, an die Kai sich später nicht mehr so gern erinnerte. Aber die Arbeit eines Detektivs ist nun mal kein Zuckerschlecken.

Dabei fing es gut an. Iwan hatte keine Probleme, der Spur des Verdächtigen zu folgen. Sie führte direkt in die Fußgängerzone, mitten hinein in die Menschenmassen, die nach Feierabend noch schnell was einkaufen wollten. Iwan schnaufte, weil er immer schneller geworden war und sich immer mehr konzentrieren musste, und Kai neben ihm begann zu schwitzen. Überall Leute, die einem die Sicht nahmen, im Weg standen, entgegenkamen oder den Weg kreuzten! Kai hielt Iwans Halsband umklammert und ließ sich von ihm mitziehen.

Mit einem Mal blieb Iwan wie angewurzelt stehen. Kai wäre beinahe über ihn gestürzt. Der Bernhardiner schaute auffordernd zum Schaufenster eines Geschenkartikelladens. Dort hing eine große Tafel: BEI UNS FINDET WEIHNACHTEN DOCH STATT! NEUE GESCHENKARTIKEL FRISCH EINGETROFFEN!

Und davor stand der kleine Mann mit dem Schlapphut und dem Geigenkasten und schaute auf seine Armbanduhr. Die Ladentür ging auf, die Türglocke spielte „Kling, Glöckchen, kling" und ein zweiter kleiner Mann kam heraus. Er sah genauso aus wie der andere: Mantel, Hut, Geigenkasten.

Kai tat das, was ein Detektiv in einem solchen Moment tut: Er kombinierte. Tatsache Nummer eins: Das waren zwei Verdächtige. Tatsache Nummer zwei: Dieser Laden verkaufte Weihnachtsartikel, die es sonst nirgendwo mehr gab. Logische Frage: Wurde hier Diebesgut verkauft? Antwort: Das konnte sein. Ergebnis der Überlegung: Er hatte die Weihnachtsdiebe entdeckt!

Aber was nun? Die Polizei alarmieren? Nach dem Vorfall am Bahnhof würde die ihm bestimmt nicht glauben. Onkel Ernst informieren? Der würde ihm jetzt auch nicht helfen können.

Die zwei kleinen Männer marschierten zusammen los. Iwan stupste Kai mit der Schnauze an. Na los doch, hinterher!

Vielleicht gingen sie jetzt auf Diebestour. Kai suchte in seiner Jackentasche. Ganz tief unten fand er die Digitalkamera. Damit konnte er Beweise aufnehmen, wenn es erforderlich war.

Die Hand am Halsband von Iwan, folgte Kai den verdächtigen kleinen Männern, die jetzt sehr schnell die Fußgängerzone entlangliefen und dabei mehrmals auf ihre Armbanduhren schauten. Die hatten etwas vor, das war klar!

Wieder drängten sich irgendwelche Passanten Kai und Iwan in den Weg und sie verloren sie aus dem Blick.

Und schon waren die beiden Männer verschwunden.

Aber Iwan war nicht so leicht ins Bockshorn zu jagen.

Er führte Kai zu einem Durchgang zwischen zwei Häusern. Durch diese Passage ging es in einen Innenhof, in dem mehrere Geschäfte untergebracht waren. Einige nebeneinanderliegende Läden hatten ein Vordach, damit die Kunden sich bei Regen oder Schneefall die Schaufenster ansehen konnten, ohne nass zu werden. Unter diesem Dach gingen die beiden kleinen Männer weiter und trafen einen dritten mit einem großen Koffer unterm Arm.

Alle drei verschwanden in einer dunklen Ecke am Ende der Ladenstraße. Was nun? Kai wusste, dass es dort in der Ecke nicht mehr weiterging. Was machten sie da?

„Und nun?", fragte Kai seinen Begleiter. „Was sollen wir tun?" Iwan wusste es nicht.

„Es sind drei gegen zwei", flüsterte Kai. „Und wer weiß, was sie in ihren Geigenkästen haben. Pistolen, Revolver, Karabiner, Schnellfeuergewehre, Panzerfäuste ..."

Iwan fiepte leise, aber es klang nicht so, als ob er eine Idee hätte.

„So ein Mist! Ich wünschte, Anastasia wäre jetzt hier. Die hat immer so gute Ideen."

Iwan schaute Kai aus traurigen Bernhardineraugen an. Auch er vermisste das Mädchen.

Kai kam ein unangenehmer Gedanke: Was war, wenn es dort in der Ecke einen Geheimgang gab? Dann waren die drei Verdächtigen vielleicht schon verschwunden. Es musste etwas geschehen!

„Wir gehen da jetzt hin, Iwan. Wenn es brenzlig wird,

bellst du. Wenn sie gemein werden, darfst du beißen. Aber nur dann. Und nur ins Bein, okay?"

Iwan knurrte zustimmend.

„Auf geht's." Sie gingen auf die dunkle Ecke zu.

Sie waren schon fast dort angekommen, da schraken sie zusammen: Die drei kleinen Männer kamen ihnen entgegen. Sie hatten sich umgezogen. Jetzt waren sie als Weihnachtsmänner verkleidet. Knallrot mit weißem Pelz. Mit Bärten und Zipfelmützen. Die Geigenkästen und den Koffer trugen sie noch immer bei sich. Und nun rannten sie los, so schnell ihre kurzen Beine sie tragen konnten, zurück zur Passage, raus in die Fußgängerzone. Sie schlängelten sich geschickt zwischen den Passanten hindurch.

Kai und Iwan flitzten hinterher.

Wieder kamen sie vor dem Geschenkeladen an. Die drei kleinen Weihnachtsmänner trampelten die Treppe hoch, blieben kurz vor der Tür stehen und schauten einander an. Sie flüsterten verstohlen, zupften sich die Bärte, zogen sich die Zipfelmützen zurecht, stießen die Tür auf und verschwanden im Laden.

Iwan bellte einmal kurz.

„Wahnsinn", flüsterte Kai. „Ich glaube, das ist ein Überfall! Wie früher zur Zeit der Gangster von Chicago. Maschinenpistole aus dem Geigenkasten holen und dann: Geld her oder Leben! Nur dass die hier es nicht auf Bargeld, sondern auf Weihnachtsgeschenke abgesehen haben!"

Iwan winselte aufgeregt.

Kai fühlte sich gar nicht gut. Wenn die drei Männer wirklich bewaffnet waren, dann war es gefährlich, ihnen ins Handwerk zu pfuschen. Trotzdem zog er die Kamera aus der Tasche.

Die Ladentür ging auf und eine Frau kam heraus. Sie war ganz ruhig und zeigte kein Zeichen von Panik.

„Sie haben noch nicht angefangen", flüsterte Kai. „Vielleicht können wir die Leute da drinnen ja noch warnen."

Wie gut, dass Iwan dabei war. Mit leicht zitternder Hand umklammerte Kai das Halsband und holte tief Luft. Dann gingen sie auf die Ladentür zu und schoben sie auf.

Drinnen roch es nach Lebkuchen, Schokolade, Tannennadeln und Kaffee.

Hinter einem Tresen stand eine junge Frau und nickte ihnen freundlich zu. Sie hatte eine Schale mit Nüssen und Plätzchen in der Hand. Zimtsterne, dachte Kai, die riechen gut. Und dann: Wahnsinn, dies ist der einzige Laden, in dem es nach Weihnachten duftet und auch nach Weihnachten aussieht!

Kein Wunder, dass die Weihnachtsdiebe hier zuschlagen wollten.

„Was kann ich für dich tun?", fragte die Verkäuferin. „Vielleicht magst du einen Keks?"

„Ja, äh, nein … eigentlich …"

„Keine Angst", sagte die Verkäuferin. „Die kosten nichts." Sie schaute bedauernd auf Iwan: „Für Hunde haben wir leider nichts."

Kai spürte, wie sein Herz aufgeregt klopfte: „Hören Sie …“

Die Verkäuferin schob ihm die Schale mit den Leckereien hin. „Nimm doch!“

„Nein!“, rief Kai. „Hören Sie! Diese drei Männer, diese drei kleinen Männer, die eben hereingekommen sind!“

Die Verkäuferin lachte. „Ja, die sahen lustig aus, nicht?“

„Nein, äh … vielleicht. Aber darum geht es nicht. Die haben was vor!“

Die Verkäuferin lächelte geduldig. „Ja, ich weiß.“

„Ja, aber, warum tun Sie dann nichts?“ Kai schaute sich aufgeregt um. „Wo sind die denn jetzt?“

„Nach hinten durchgegangen, zu meinen Kollegen.“

„Ist dahinten ihr Lager mit all den Sachen?“

„Ja.“ Die Verkäuferin runzelte die Stirn: „Darf ich mal fragen, was du eigentlich willst?“

„Die drei Männer … das sind die Weihnachtsdiebe!“.

„Was? Das ist doch Unsinn!“, rief die Verkäuferin.

„Das ist kein Unsinn! Die haben Geigenkästen dabei!“

„Natürlich haben sie Geigenkästen dabei. Das sind doch Musiker“, sagte die Frau. „Wir haben sie beim Künstlerdienst engagiert.“

Und genau in diesem Moment ging die Musik los. Zwei Geigen, ein Akkordeon. Kai starrte wie gebannt in die Richtung, aus der nun flott gespielt die fröhliche Melodie von „Jingle Bells“ ertönte.

„Hörst du? Wir haben heute unsere Weihnachtsfeier.“ Die Frau kam um den Tresen herum. „Und deshalb muss ich jetzt die Tür abschließen.“

„Aber …“, stieß Kai verwirrt hervor: „Das ist doch alles nur Tarnung!“

„Tarnung? Na, dann kommt mal eben mit.“ Sie führte die beiden nach hinten zur Tür eines großen Lagerraums, der festlich dekoriert war. Es sah richtig nach Weihnachten aus. In der Mitte ragte ein hoher, bunt dekorierter Christbaum bis fast unter die Decke, dane-

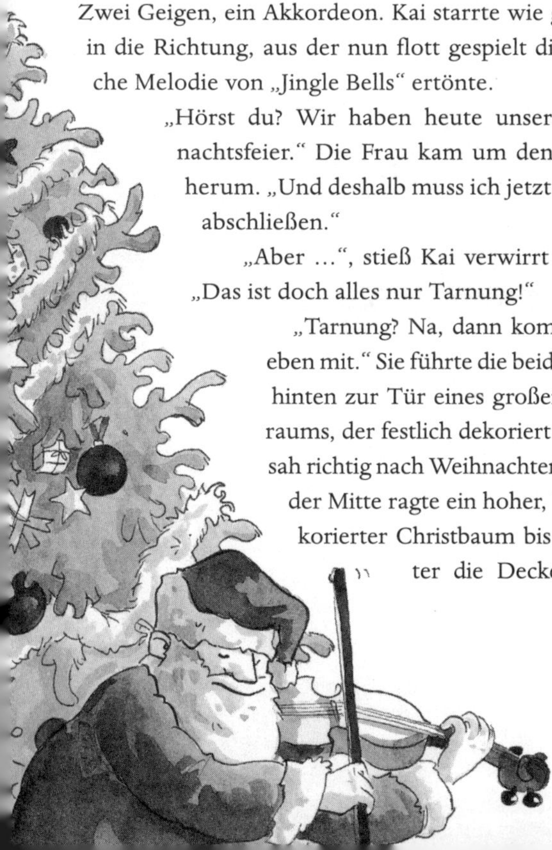

ben standen die Musiker und spielten. Das Personal sang mit und klatschte in die Hände.

„Na“, fragte die Verkäuferin. „Sieht das nach einem Überfall aus?“

„Nein“, gab Kai zu „Aber woher haben Sie denn die Weihnachtsdekoration?“

„Heute Morgen kam eine Lieferung rein. So, nun müsst ihr gehen, denn ich will auch ein bisschen Spaß haben.“

Kai steckte die Kamera in seine Manteltasche zurück. Mit gesenkten Köpfen stiegen Kai und Iwan die Stufen hinab, tauchten im Strom der Passanten unter und ließen sich mit ihnen treiben.

„So eine Blamage“, murmelte Kai.

Iwan knurrte und das hieß: „Ich will nach Hause und endlich meine Ruhe haben.“

## Sechzehntes Kapitel,

in dem Kai klarer sieht, Onkel Ernst ihn aber für verrückt hält

Am nächsten Tag in der Schule herrschte während der großen Pause helle Aufregung unter den Klassenkameraden von Anastasia. Alle redeten durcheinander, und es dauerte eine Weile, bis Kai kapiert hatte, um was es ging: Ein Polizeibeamter war in der Klasse gewesen und hatte die Kinder nach Anastasia gefragt. Ob jemand wüsste, wo sie sein könnte, denn sie sei jetzt schon seit zwei Tagen nicht nach Hause gekommen.

Kai war wie vom Donner gerührt. Das bedeutete, dass er den Drohbrief wirklich sehr ernst nehmen musste. Womöglich war sie entführt worden! Die restlichen Unterrichtsstunden war er in Gedanken ganz woanders.

Nach der Schule lief Kai in sein Büro, das ihm jetzt schrecklich leer und nutzlos vorkam, holte den Brief und ging damit zu Onkel Ernst. Er klingelte, aber nichts geschah. Er klingelte wieder. Immer noch nichts.

Das konnte doch nicht sein! Er klopfte gegen die Fensterscheibe. War da nicht ein Schatten hinter der Gardine?

Der Schatten näherte sich, die Gardine wurde zur Seite geschoben und Onkel Ernst blickte begriffsstutzig nach draußen. Er hatte einen Kopfhörer auf. Als er Kai sah, nickte er vor sich hin. Dann deutete er mit dem Daumen zur Tür.

„Ich hab ein bisschen Musik gehört“, sagte Onkel Ernst entschuldigend, als Kai sich aufs Sofa fallen ließ.

„Es ist etwas Furchtbares passiert!“, stieß Kai hervor.

Onkel Ernst legte den Kopfhörer weg. „So?“

Kai hielt ihm den Erpresserbrief hin. Onkel Ernst las, und sein Gesicht verfinsterte sich. „Und sie ist tatsächlich immer noch verschwunden?“, fragte er.

„Ja“, sagte Kai. „Heute war schon ein Polizist in der Schule. Sie ist als vermisst gemeldet.“

Onkel Ernst studierte mit zusammengekniffenen Augen den Brief, drehte ihn um, hielt ihn ins Licht, prüfte das Papier zwischen den Fingern. Kai schaute ihm ungeduldig zu.

„Was war denn eigentlich gestern los?“, fragte Onkel Ernst. „Ich war unten im Labor. Durchs Kellerfenster habe ich gesehen, wie du mit Iwan aus dem Fabrikgebäude gerannt kamst. Du hast Iwan eine Spur verfolgen lassen, richtig?“

Kai erzählte von dem kleinen Mann mit Schlapphut.

„Der hatte kurz zuvor hier auf einer Geige gespielt und Geld gesammelt“, sagte Onkel Ernst. „Du dachtest natürlich, er könnte derjenige gewesen sein, der die kleine schwarze Zipfelmütze verloren hat.“

„Ja." Kai berichtete von der gestrigen Verfolgungsjagd und ihrem peinlichen Ende. Onkel Ernst lachte ihn nicht aus, im Gegenteil. „Wenn man mal davon absieht, dass es leichtsinnig war, auf eigene Faust mehrere Verdächtige zu beschatten, hast du richtig gehandelt. Was glaubst du wohl, wie oft ich in meinem Polizistenleben falsche Spuren verfolgt habe. Immer wieder! Ob eine Fährte richtig oder falsch war, weiß man immer erst hinterher. Aber du hast etwas Wichtiges vergessen."

„Was denn?"

„Das offene Fenster in deinem Büro."

„Was ist damit?"

„Als du gestern ins Büro kamst, wo lag da der Brief?"

„Auf dem Fußboden in meinem Büro."

„Also nicht gleich hinter der Tür auf dem Boden."

„Nein, nicht im Vorzimmer, hinten bei mir."

„Dann wurde er nicht unter der Tür durchgeschoben. Und im Vorzimmer war das Fenster offen, richtig?"

„Ja."

Onkel Ernst strich sich über den grauen Bart. „Wie ist der Brief also in dein Büro gekommen?"

„Ich hab gleich gedacht, dass jemand durchs Fenster kam. Es ist alt und nicht besonders gesichert."

„Aha. Stand da eine Leiter?"

„Nein."

„Also ist jemand die Fassade hochgeklettert?"

„Ich glaube nicht, dass das geht. Da ist nicht mal ein Regenrohr."

„Vom Dach könnte sich jemand abgeseilt haben."

„Aber wie ist er dann aufs Dach gekommen?"

„Eine gute Frage. Tagsüber hätte man ihn bemerkt und nachts sind da drüben alle Türen zu."

„Wie soll der Brief denn sonst in mein Büro gekommen sein?"

„Das frage ich mich nun allerdings auch", brummte Onkel Ernst unzufrieden. Er stemmte sich ächzend aus dem Sessel hoch. „So kommen wir nicht weiter! Wenden wir uns lieber den Fakten zu."

Mit dem Erpresserbrief in der Hand schlurfte Onkel Ernst in seiner dicken Strickjacke und mit den karierten Hausschuhen an den Füßen zur Kellertreppe im Flur.

Kai folgte ihm. Er war noch nie unten im Keller gewesen. Onkel Ernst sprach immer wieder mal von seinem Labor, aber er hatte bisher noch nie jemanden mit hinuntergenommen. Kai hielt den Atem an, als er in einen großen, von einer Leuchtstoffröhre beleuchteten Raum trat. Auf den ersten Blick sah es hier aus wie in einem Gerümpellager, auf den zweiten Blick wie in einer Elektro-Werkstatt, auf den dritten Blick wie in einem Chemie-Labor oder wie in einem Unterrichtsraum für Physik oder einem Operationssaal im Krankenhaus oder bei einem Schreiner, vielleicht aber auch wie bei einem Klempner oder in einem Fotolabor …

Kurzum, es war ein einziges Durcheinander an Geräten und Gerümpel. Von der Werkbank bis zum Leuchttisch, vom Apothekerschrank bis zur Seemannskiste, vom Hocker bis zum Drehstuhl, vom Funkgerät bis zum Mikroskop, vom Hammer bis zum Seziermesser und vom Reagenzglas bis zum feinsten Pinsel war alles da. Und noch viel mehr. Onkel Ernst knipste eine Halogenlampe ein und hielt den Brief ins Licht.

„Was ist?", wollte Kai fragen, aber da schaltete Onkel Ernst das Licht schon wieder aus und einen Leuchttisch ein, auf den er das Papier legte. Er griff nach einer großen Lupe und ließ sie über den Brief gleiten.

Nach einer Weile des Herumsuchens murmelte er: „Wie ich es mir dachte, ein Fracht-Formular. Schon so alt, dass die eingezeichneten Tabellen und aufgedruckten Worte verblasst sind. Aber man kann es noch erkennen. Hier." Onkel Ernst reichte Kai die Lupe.

Kai beugte sich über das durchleuchtete Papier und erkannte einige Worte: „Frachtbrief-Nr.", „Lieferungstermin"... Über die verblassten Buchstaben war die Botschaft der Erpresser mit schwarzem Filzstift geschrieben worden.

Onkel Ernst ging an eine andere Stelle seines chaotischen Labors. Von einem kleinen Regal mit vielen Schubfächern nahm er eine Dose, schraubte sie auf und stellte sie vor sich hin. Dann nahm er einen Pinsel, bestäubte ihn mit dem Pulver aus der Dose und strich es über das Papier. Graue Flecken kamen zum Vorschein.

„Fingerabdrücke?", fragte Kai.

Onkel Ernst nickte und schüttelte gleichzeitig den Kopf. „Ja, aber das gefällt mir gar nicht."

„Wieso?"

„Bist du ganz sicher, dass dir niemand von deinen Klassenkameraden einen Streich spielen will?"

„Meine Oma hat mir beigebracht, dass es unhöflich ist, eine Frage mit einer Gegenfrage zu beantworten."

Onkel Ernst seufzte. „Das sind Fingerabdrücke von Kindern."

„Zwerge", widersprach Kai. „Zwerge, die auf Hunden fliegen. Darum geht es hier!"

Onkel Ernst sah ihn entgeistert an.

„Diese Zwerge haben ihr Hauptquartier im alten Güterbahnhof", fügte Kai hinzu. „Und da halten sie Anastasia gefangen."

„Du hast doch nicht etwa Fieber, mein Junge?", fragte Onkel Ernst besorgt.

„Ruf deine Kollegen an, die müssen dort eine Razzia durchführen!"

„Ich soll auf dem Revier anrufen und ihnen mitteilen, dass Zwerge, die auf Hunden herumfliegen, im alten Güterbahnhof ein kleines Mädchen gefangen halten. Wenn ich denen mit so einem Unsinn komme, liefern die mich gleich ins Irrenhaus ein."

„Das ist kein Unsinn!", beharrte Kai.

„Doch, das ist es!"

„Nein!" Kai starrte seinen Freund böse an. Dann drehte er sich um, stieg die Kellertreppe nach oben und verließ das Haus. Er war stocksauer.

## Siebzehntes Kapitel,

in dem es Kai und Iwan gelingt, einen der Diebe zu packen

Als einziger Verbündeter war Kai sein Bernhardiner geblieben. Im Gegensatz zu Oma Muggenthaler verstand Iwan, warum es so wichtig war, am Abend nach Einbruch der Dunkelheit noch mal zum Güterbahnhof aufzubrechen. Anastasia musste befreit werden!

Nachdem Oma die Küche in Ordnung gebracht und Kais Hausaufgaben kontrolliert hatte, setzte sie sich im Wohnzimmer vor den Fernseher, um die Nachrichten zu sehen – und wie immer schlief sie augenblicklich in ihrem Sessel ein.

Darauf hatten Kai und Iwan nur gewartet. Sofort schlichen sie zur Garderobe. Kai zog einen dicken Pullover unter den schwarzen Parka, den er eigentlich nicht mochte, und nahm sich die schwarze Pudelmütze seines Vaters, die dieser sowieso nur im Ski-Urlaub trug, und seine wasserdichten schwarzen Handschuhe.

„Brauche ich eine Waffe, Iwan?“, fragte Kai.

Iwan schüttelte den Kopf.

„Du hast Recht“, stimmte Kai zu. „Die beste Waffe ist

ein scharfer Verstand. Aber das hier“ – er zog eine Taschenlampe aus der Tasche des Parkas und knipste sie zur Probe an – „nehme ich vorsichtshalber mit.“

In diesem Moment erstarrte Iwan, hob die Schnauze und schnüffelte. Kai starrte zur Haustür. War da jemand? Hatte er nicht eben ein leises Hüsteln gehört? Anastasia? Aber dann würde Iwan doch nicht so leise fiepen. Roch es nicht auch nach Zimt? Aber dann …

Kai sprang zur Haustür und zog sie auf. Tatsächlich, Zimtgeruch. Er hob den Kopf und starrte in den Himmel. War da nicht so ein goldenes Glitzern wie von zerstobenem Sternenstaub? Michaela?

Nein, nichts zu sehen. Iwan stand jetzt neben ihm und winselte. Kai schaute zu Boden. Da schimmerte es golden auf der Fußmatte. Die Visitenkarte, die Michaela ihm bei ihrem Besuch in seinem Büro gezeigt hatte! Kai bückte sich. Als er danach greifen wollte, flimmerte eine Leuchtschrift vor seinen Augen auf: BRAVO, KAI! DU BIST AUF DER RICHTIGEN SPUR! Kaum hatte er das gelesen, verblasste sie auch schon, und als er nach der Karte greifen wollte, zerfiel sie zu Glitzerstaub und verging. Nur der Zimtgeruch hing noch in der Luft.

„Wahnsinn!", flüsterte Kai.

Iwan legte den Kopf zur Seite, was so viel heißen sollte wie: „Sehr verwunderlich, mein Lieber."

„Also los!"

Und noch bevor der Wetterbericht begann, bei dem Oma immer aufwachte, zog Kai die Tür hinter sich zu und die beiden tauchten ein in die kalte finstere Nacht.

Diesmal gingen sie nicht durchs Bahnhofsgebäude, um zum Güterbahnhof zu kommen, sondern durchquerten eine spärlich beleuchtete Unterführung. Im Bahnhof wären sie womöglich wieder auf Polizisten gestoßen, und von der Polizei hatte Kai erst mal genug.

Dann standen sie auf der Zufahrt vor den niedrigen, im Schatten der Straßenlaternen liegenden Lagerhallen am Rand des Bahngeländes.

„Oje", flüsterte Kai Iwan zu, „das letzte Mal war es aber heller."

Tatsächlich brannten diesmal nur vereinzelte Laternen in der Nähe. Ihr Licht war so schwach, dass man die Sterne am nur leicht bewölkten Himmel blinken sah, was in einer Stadt nicht so oft vorkommt.

„Sieh mal an“, bemerkte Kai. „Die Lampen da drüben zwischen den Gleisen sind alle aus. Hat das was zu bedeuten?“

Iwan winselte ganz leise und meinte damit: „Wenn es dunkel ist, hat es den Vorteil, dass man uns nicht so schnell entdeckt. Aber es hat den Nachteil, dass auch wir nicht so viel sehen können.“

„Weiß ich selber“, brummte Kai nervös. „Aber wenn du so schlau bist, dann sag mir mal lieber, wo wir entlanggehen sollen, ohne auf diesen blöden Nachtwächter zu treffen.“

Iwan setzte sich in Bewegung. Rechts neben dem ersten Schuppen, zwischen der Backsteinmauer und dem Zaun, der das Gelände von der Straße abtrennte, gab es einen Durchgang. Iwan ging darauf zu. Kai zog die Taschenlampe aus dem Parka, um sie benutzen zu können, wenn es notwendig werden würde.

Kaum waren sie um die Ecke, wurde es richtig finster, weil rechts neben dem Zaun die Rückseite eines hohen Hauses aufragte. Von der Straße her drang kein Lichtschein in diesen Teil des Güterbahnhofs. Iwan blieb stehen. Die Sichel des Mondes kam hinter einer Wolke hervor und half den Sternen, das düstere Gelände ein klein wenig zu erhellen. Hier und da lag noch weiß glänzender Schnee.

Kai versuchte sich zu orientieren. Hinter dem Schuppen lagen noch viel mehr Lagergebäude, eine endlose Reihe, und alle sahen gleich aus. Gleise führten über verwildertes Brachland.

Kai zuckte zusammen, als er merkte, wie Iwan sprungbereit alle Muskeln anspannte.

„Was ist?“, flüsterte er, so leise er konnte. Dann sah er den Schatten auf der Verladerampe des Schuppens. Der Schatten bewegte sich nicht. Aber er machte ein Geräusch, sehr regelmäßig, mal lauter, mal leiser. Es klang wie ein Bohrer, der immer nur ganz kurz eingeschaltet wird.

„Da schläft einer auf der Rampe und schnarcht vor sich hin! Hier draußen in der Kälte. Wahnsinn!“, murmelte Kai und fasste Iwan am Halsband.

Der Bernhardiner setzte sich in Bewegung und zog Kai mit sich zur Rampe. Sie balancierten über Gleise und stiegen eine Steintreppe nach oben.

Der Nachtwächter lag auf dem Rücken und schlief. Ein eigenartiger Geruch ging von ihm aus. Er erinnerte Kai ans Freibad im Sommer.

„Chlor“, stellte er fest. „Nein, Chloroform. Das ist ein Mittel, mit dem man Leute betäuben kann. Der schläft gar nicht, der ist ohnmächtig!“

In diesem Moment ertönte zwei Schuppen weiter ein leises Rumpeln, als hätte jemand vorsichtig eine schwere Tür geschlossen. Dann quietschte es und man hörte ein schabendes Geräusch, dann ein Rollen. Ein großer eckiger Schatten kam auf sie zu. Iwan knurrte leise.

„Was ist das?“, flüsterte Kai.

Der eckige Schatten rollte einige Meter entfernt um eine Kurve und dann in eine andere Richtung weg von ihnen. Ein Güterwaggon. Ganz allein. Nein, doch nicht. Er rollte auf eine Reihe ähnlicher Waggons zu und bremste quietschend ab, bevor er dicht dahinter stehen blieb. Es wirkte wie ferngesteuert.

Wieder leises Rumpeln zwei Schuppen weiter. Da stand noch ein Waggon. Schatten bewegten sich.

Iwan fiepte ganz kurz und sehr hoch. Kai verstand ihn: „Gefahr! Da ist jemand!“

„Wenn wir dicht an der Rampe entlang schleichen, kann uns niemand sehen“, flüsterte Kai.

Sie stiegen von der Rampe hinab. Kies knirschte leise unter Kais Sohlen. Iwans Pfoten machten keine Geräusche.

Vorsichtig näherten sie sich dem Gleis, kletterten an der Stelle, wo der Waggon um die Kurve gefahren war, darüber und waren nur noch wenige Meter von dem

Schuppen entfernt, auf dessen Laderampe offenbar reges Treiben herrschte.

„Von hier unten können wir nichts sehen. Wir müssen wieder da hoch“, flüsterte Kai.

Sie huschten auf die Rampe und fanden ein gutes Versteck hinter aufgestapelten Kisten. Durch einen Spalt konnten sie beobachten, was wenige Meter von ihnen entfernt vor sich ging.

Es war kaum zu glauben: Kleine Männer in schwarzen Umhängen und mit schwarzen Zipfelmützen auf dem Kopf liefen zwischen Waggon und Lagerhalle herum und schleppten Kisten und Kästen, schoben Sackkarren oder Förderwagen hin und her, trugen Körbe und Ballen. Ab und zu war auch ein Weihnachtsbaum oder ein Adventskranz unter den Sachen, die in den Waggon gebracht wurden. Zwei dieser schwarzen Zwerge mühten sich mit einer großen Tafel ab, auf der stand: BEI UNS FINDET WEIHNACHTEN DOCH STATT!
NEUE GESCHENKARTIKEL FRISCH EINGETROFFEN!

Kai konnte vor Aufregung kaum noch atmen. Iwan schien es ähnlich zu gehen. Dicht aneinandergedrängt schauten sie dem Treiben der schwarzen Gnomen zu und Kai überlegte fieberhaft, was jetzt zu tun war. Er konnte ja schlecht hingehen und sagen: „Hallo, ihr Diebe, ihr seid überführt, kommt alle mit ins Gefängnis!“

„Was tun wir denn jetzt?“, flüsterte Kai in Iwans wuscheliges Ohr.

Iwan wusste es nicht. Er ließ ratlos den Kopf hängen. Plötzlich erstarrte er und sein Kopf ruckte in die Höhe. Er spähte in den Himmel.

Was war das?

Ein Schatten segelte durch den Nachthimmel, wurde langsamer und senkte sich. Der Schatten eines Schlittens. Ein schwarzer Schlitten. Da! Noch einer! Sie landeten. Und was waren das für riesige Tiere, die davorgespannt waren? Das mussten die Hunde sein, von denen der Mann in der Fußgängerzone gesprochen hatte. Hunde mit komischen Dingern am Kopf? Das waren Geweihe! Der Mann hatte Rentiere für Hunde gehalten!

Weitere Schlitten erhoben sich in die Lüfte und sausten davon.

Die schwarzen Zwerge verschwanden im Innern des Schuppens. Nur zwei blieben übrig, die sich nun daranmachten, die Schiebetür des Waggons zuzusperren.

Die hauen ab!, fuhr es Kai durch den Kopf. Die auf den Schlitten liefern ihr Diebesgut ab und fliegen davon zu neuen Untaten! Und die beiden hier rollen den Waggon zum Güterzug, und wer weiß, wohin sie die ganzen Sachen dann transportieren!

Der eine Zwerg kletterte nun flink über eine schmale Leiter auf das Dach des Waggons, der andere stand auf dem Puffer und zerrte ächzend an einem Hebel, der wahrscheinlich die Bremse war. Offenbar klemmte sie. Er musste sich mit den Beinen gegen die Rückwand des Waggons stemmen. Endlich ruckte die Bremse ein Stück und dann krachte sie nach unten. Der Waggon setzte sich in Bewegung. Der Zwerg verlor das Gleichgewicht und purzelte herunter, wobei er sich einmal in der Luft überschlug und im Gestrüpp unterhalb der Rampe landete. Der Waggon fuhr davon, erreichte die Kurve und verschwand Richtung Güterzug.

„Los! Schnell!“, zischte Kai und sprang auf. Iwan folgte ihm. Sie umrundeten die übereinandergestapelten Kisten, liefen zur Treppe und stiegen hinab. Unten bahnten sie sich den Weg durch das Gestrüpp vor dem Schuppen bis zu der Stelle, wo der schwarze Zwerg hingefallen war.

Er lag auf dem Rücken, starrte in den Himmel und jammerte vor sich hin, wobei er sich mit der Hand genüsslich über den langen Bart strich: „Oh, ich Unglücklicher, oh, ich jämmerlicher Unglücksrabe, oh weh! Ach, wie schlimm, wie grauenhaft, oh nein, oh nein, ich armer Tropf. Ich bin verletzt, ich kann mich nicht mehr bewegen, helft mir doch, so helft mir doch, ich weiß nicht ein noch aus!“ Dabei schien es ihm gar nicht so schlechtzugehen. Jedenfalls hatte er die Hände bequem unter den Hinterkopf gelegt, ein Bein angezogen und das andere lässig darübergelegt, und seinem Gesichtsausdruck nach schien er seinen Singsang zu genießen.

Als er die beiden fremden Gestalten auf sich zukommen sah, sprang er wie von der Tarantel gestochen auf. Sofort verzog er das Gesicht vor Schmerzen, hielt sich den Fuß und schaute sich Hilfe suchend um. Dabei sagte er: „Oje, oh weh, wer seid denn ihr? Ach du Schreck, ich muss weg, keiner darf mich sehen."

„Bleib doch mal still stehen", forderte Kai den hippeligen Wicht auf.

„Aber nein, im Gegenteil!", rief der Zwerg, duckte sich und wollte zur Seite springen und weglaufen. Aber er konnte nur humpeln und hatte keine Chance zu entwischen. Iwan machte einen Satz, schnappte nach einem Zipfel seines Umhangs und hielt ihn fest.

„Ah, ah, ah!", schrie der kleine Kerl. „Nicht auffressen!"

„Dann sag mir schnell, wer ihr seid und was ihr hier macht."

„Oh, äh, wie bitte? Ach so, na ja, das könnte ich dich auch fragen, oder?", gab der Zwerg zurück.

„Ich bin Kai Muggenthaler, Privatdetektiv. Ich habe den Auftrag, die Weihnachtsdiebe zu finden." Kai hielt dem Zwerg seine Visitenkarte hin. Der nahm sie und warf einen Blick darauf, dann steckte er sie in die Manteltasche.

„So? Na ja. Ich kann mich natürlich und selbstver-

ständlich auch ausweisen.“ Der Zwerg durchsuchte seine Taschen. „Also, wo hab ich denn meinen Ausweis gelassen?“ Er suchte immer hektischer und warf dazwischen immer wieder einen Blick in den Himmel. Es machte Kai ganz nervös, ihm dabei zuzusehen.

„Entschuldige, lieber Hundefreund“, sagte der Zwerg dann zu Iwan. „Aber könntest du den Zipfel meines Umhangs kurz mal loslassen? Dann könnte ich meine hochoffizielle Identitätskarte hervorholen, denn wie mir scheint, steckt sie just in diesem Eckchen meines Umhangs.“

Iwan schaute Kai fragend an. Der nickte. Iwan ließ los, und genau in diesem Moment rauschte es über ihnen. Etwas sauste heran und dicht über sie hinweg. Vor Schreck musste Kai sich ducken, verlor das Gleichgewicht und fiel um. Der Zwerg aber streckte sich, warf die Arme in die Höhe, wurde gepackt, nach oben gezogen und verschwand an Bord eines Schlittens, der in rasendem Tempo davonflog.

Kai rappelte sich auf. Iwan legte den Kopf schief und schaute ihn vorwurfsvoll an: „Du hast doch gesagt, ich soll ihn loslassen!“

„Sei still!“, raunzte Kai ihn an und stieg auf die Rampe zurück. „Wir müssen uns um den Nachtwächter kümmern. Der erfriert, wenn er draußen liegen bleibt.“

Sie gingen den gleichen Weg zurück, den sie gekommen waren. Aber der Nachtwächter war schon verschwunden.

Also machten sie sich auf den Heimweg. Kai geriet ins Grübeln. Schließlich sagte er laut zu dem neben ihm hertrottenden Iwan: „Schwarze Zwerge, schwarze Rentierschlitten, die durch die Luft sausen. War das eben eine Halluzination?“

Iwan knurrte: „Nein, war es nicht.“

„Kannst du mir sagen, was das alles bedeuten soll?“

Iwan winselte: „Nein, kann ich nicht.“

## Achtzehntes Kapitel,
in dem Kai und Iwan trotz ihrer Verdienste bestraft werden

Normalerweise freute sich Kai, wenn er nach Hause kam und seine Eltern ihn gemeinsam an der Tür erwarteten. An diesem Abend jedoch war die Rückkehr in die elterliche Villa kein Vergnügen. Kais Mutter hatte rote Augen und ein verweintes Gesicht, Kais Vater tiefe Zornesfalten auf der Stirn. Und Kais Oma stand hinter ihnen und rang sorgenvoll die Hände.

Iwan merkte gleich, was los war, und senkte schuldbewusst den Kopf. Kai ließ ebenfalls den Kopf hängen, zum einen, weil es sicher nützlich war, Reue zu zeigen, zum anderen, weil er wirklich nicht wusste, was er sonst machen sollte.

„Karl Hinrich Muggenthaler!“, sagte sein Vater. „Kannst du mir erklären, woher du zu so später Stunde kommst?“

„Mitten in der Nacht treibst du dich da draußen herum!“, rief seine Mutter.

Oma murmelte leise: „Einfach auszubüxen, Junge, das ist wirklich nicht recht.“

„Hättest du nicht wenigstens dein Handy einschalten können?“, fragte die Mutter.

„Wenn deine Mutter nicht mit Onkel Ernst telefoniert hätte, wäre längst die Polizei hinter dir her!“, schnaubte sein Vater. „Er hat uns was von einem Kriminalfall erzählt, mit dem du zu tun hast, Kai. Aber das sage ich dir: Dein Büro wird geschlossen! Wir dachten, es ist ein Spiel, aber wenn es solche Folgen hat …“

„Diebe verfolgen, das ist doch gefährlich!“, sagte seine Mutter. „Wo bist du überhaupt gewesen?“

„Am Güterbahnhof. Und ich habe wichtige Erkenntnisse gewonnen“, sagte Kai.

„Wichtige Erkenntnisse?“, fragte sein Vater. „Was soll denn das heißen?“

Aber Mutter rief dazwischen: „Am alten Güterbahnhof? Mitten in der Nacht? Aber der ist doch verlassen! Da treibt sich schlimmes Gesindel herum.“

„Die Weihnachtsdiebe haben den Nachtwächter betäubt und Waggons beladen. Sie sind weggeflogen …“, versuchte Kai zu erklären.

Seine Mutter schlug die Hände zusammen: „Er ist ja ganz durcheinander! Er fantasiert!“ Sie kam auf ihn zu, kniete sich hin und versuchte ihn zu umarmen. Kai wollte erklären, was passiert war. Er wollte ihnen mitteilen, dass er etwas Wichtiges und Nützliches getan hatte.

Aber sein Vater ließ ihn nicht. Er schimpfte: „Wenn du glaubst, du kannst uns irgendwelchen Unsinn auftischen, dann …“

Kai unterbrach ihn: „Anastasia ist entführt worden und ich werde erpresst. Da musste ich doch handeln. Hat denn Onkel Ernst euch das nicht erklärt?"

Mutter und Vater schauten sich verwirrt und besorgt an. „Entführt?", fragte sein Vater.

„Ja", sagte Kai. „Von kleinen Zwergen in Schwarz, die mit Schlitten durch die Luft fliegen und Weihnachten gestohlen haben ..."

„Er redet wirr!", rief seine Mutter.

„Oh, wie schrecklich, deine arme Freundin", jammerte Oma dazwischen.

Vater legte Kai eine schwere Hand auf die Schulter, und das war immer ein sehr schlechtes Zeichen. „Kai", sagte er, „du willst doch nur ablenken. Was war denn das für eine Geschichte am Bahnhof, als dich die Polizisten festnahmen? Onkel Ernst hat da etwas angedeutet ..."

Kai war empört: „Das hat er verraten?"

„Es stimmt also", fuhr Vater fort, und seine Hand auf Kais Schulter wog immer schwerer. „Es stimmt also, dass du am Bahnhof zusammen mit Taschendieben erwischt wurdest."

„Aber doch deshalb, weil ich Detektiv bin!"

„Detektive stehlen nicht!", sagte sein Vater.

„Ich habe nicht gestohlen!"

„Kai! Sieh mir in die Augen."

Jetzt war Kai sauer. Er schaute zu Boden und brummte: „Wenn du mir nicht glauben willst, dann sag ich gar nichts mehr. Ich will einen Anwalt."

„Das reicht jetzt, du gehst auf dein Zimmer!", rief sein Vater und deutete mit ausgestrecktem Arm zur Tür.

Iwan, der die ganze Zeit mit gespitzten Ohren zugehört hatte, sprang vor, um Kai zu verteidigen. Er bellte dreimal und knurrte unzufrieden.

Kais Mutter blieb unbeeindruckt. Sie packte Iwan am Halsband und sagte: „Du bist auch nicht besser. Ein Hund in deinem Alter sollte eigentlich besser auf ein Kind aufpassen. Schäm dich, Iwan! Du gehst jetzt raus in den Garten und übernachtest in deiner Hütte."

„Aber es ist doch viel zu kalt!", protestierte Kai.

Mutter zog die Tür auf. „Nicht für einen Bernhardiner. Raus hier!"

Winselnd und mit hängendem Schwanz trottete Iwan nach draußen.

„Ihr seid gemein!", rief Kai.

„Stopp! Genug jetzt!", sagte sein Vater. „Du gehst auf dein Zimmer, Kai, und hast bis auf Weiteres Stubenarrest."

„Aber das ist ungerecht!"

„Keine Widerrede!", sagten Vater, Mutter und Oma wie aus einem Mund.

Und Privatdetektiv Kai Muggenthaler ging auf sein Zimmer.

## Neunzehntes Kapitel,

in dem Kai sich gezwungen sieht, mit den Dieben eine Abmachung zu treffen

Pyjama angezogen, Hände gewaschen, Gesicht gewaschen, Zähne geputzt, und – „Du machst sofort das Licht aus, Kai!" – jetzt stand er im dunklen Zimmer am Fenster und schaute nach unten in den Garten. Da war Iwans Hundehütte. Ob er schon schlief? Oder war er genauso empört wie Kai, weil er ungerecht behandelt worden war, und konnte nicht zur Ruhe kommen?

Es schneite wieder. Das war immerhin ein Trost. Die Weihnachtsdiebe hatten es noch nicht geschafft, den Schnee zu stehlen. Die Turmuhr der nahe gelegenen Kirche schlug elfmal.

Seltsamerweise schien der Schnee direkt vor Kais Fenster viel dichter zu fallen als im Garten. Hier oben im ersten Stock wirbelten die Flocken, da unten fiel nur ein dünner Hauch. Merkwürdig war auch, dass die Flocken, die auf dem Fenstersims liegen blieben, funkelten und glitzerten und gar nicht wie Schnee wirkten, sondern eher wie winzige Kristalle. Sie schmolzen auch nicht, obwohl das so nah am Fenster meistens der Fall war.

Kai gähnte. Dann blieb ihm der Mund offen stehen. Jetzt prasselte der Schnee direkt gegen die Fensterscheibe. Es klang eher nach feinem Sand als nach fast schwerelosen Schneeflöckchen. Hagelte es? Und woher kam auf einmal der Wind, der den Schnee gegen seine Scheibe blies?

Klebrigen Pulverschnee gab es doch auch nicht, oder? Aber nun war die ganze Scheibe mit weiß glitzerndem Staub bedeckt. Und dann erschienen Buchstaben, als würde jemand von draußen mit einem Finger auf die Scheibe schreiben. Sieben Buchstaben erschienen, leider auf dem Kopf stehend und noch dazu spiegelverkehrt, so dass Kai erst mal scharf nachdenken musste, bevor er laut las: MACH AUF!

Ich träume, dachte Kai, ich liege im Bett und träume, dass ich hier am Fenster stehe und jemand dort draußen Buchstaben auf meine Scheibe malt. Na gut, wenn es nur ein Traum ist, dann kann ich das Fenster ja mal aufmachen und abwarten, was passiert.

Kaum hatte er die Fensterflügel aufgestoßen, bemerkte er zwei Arme, die von oben herabhingen. Dazu eine schwarze Zipfelmütze. Außerdem einen langen weißen Bart, der ein Gesicht verdeckte.

Kai rieb sich die Augen. Kein Zweifel: Vor ihm hing kopfüber ein schwarzer Zwerg und muffelte irgendetwas Unverständliches in seinen Bart. Kai musste sehr genau hinhören, bis er verstand: „Wären Sie bitte so freundlich, mir herunterzuhelfen!“

„Aber gern“, sagte Kai und dachte: Wenn es jetzt gleich schwierig und unangenehm wird in diesem Traum und ich Angst bekomme, dann wache ich einfach auf.

Er packte den kleinen Mann und drehte ihn um. Nun stand er vor ihm auf dem Fenstersims, mit hochrotem Gesicht, ruckte sich die Zipfelmütze zurecht, strich sich über den Mantel und stemmte dann die Hände in die Hüften: „Wir müssen verhandeln.“

„Guten Abend. Mein Name ist Kai Mücke. Darf ich fragen, wer Sie sind?“

„Oh, ich bitte vielmals um Entschuldigung, bin es durchaus nicht gewohnt, kopfüber zu hängen, schränkt offenbar kurzzeitig die Denkfähigkeit ein. Bitte um Nachsicht, junger Mensch. Kaspar Hinkeldei mein Name, meines Zeichens Wichtel in der neunundneunzigsten Generation. Sie dürfen mich als Abgesandten im Sinne einer Beauftragung mit Vollmacht ansehen.“

Kaspar Hinkeldei?, dachte Kai. Ist ja toll, was man sich im Traum so alles für Namen ausdenken kann.

„Sehr erfreut“, sagte er. „Möchten Sie nicht eintreten?“

„Ich bitte darum, junger Mensch, wenn's beliebt. Eine Handreichung wäre durchaus hilfreich.“

Handreichung? Ach so, dachte Kai, Hilfestellung, wie beim Turnen.

Er hielt dem Zwerg eine Hand hin und half ihm vom Sims ins Zimmer zu springen. Dort tänzelte der kleine Mann kurz hin und her, schüttelte sich und musste niesen.

„Verflixter Sternenstaub, steigt mir seit Jahr und Tag immer wieder in die Nase!"

Hinkeldei war gerade mal halb so groß wie Kai. Es lag also nahe, ihm einen niedrigen Stuhl anzubieten, der eigentlich nur noch als Sitz für Kais alten Teddybären diente. Kai legte den Teddy aufs Bett, der Zwerg setzte sich. Kai hockte sich vor ihn auf den Boden.

Der Zwerg zog eine Schriftrolle unter seinem Mantel hervor, setzte sich einen Zwicker auf die Nase und rollte das Blatt auseinander. Dann begann er mit feierlicher Stimme abzulesen:

„Lieber junger Mensch, geschätzter Widersacher, diese Botschaft ist eine von der Generalversammlung der Schwarzen Wichtel beglaubigte und verschickte Botschaft an Karl Hinrich, geborener Muggenthaler, seines Zeichens Privatdetektiv, tätig im Auftrag einer missgünstigen Schnepfe namens Michaela Cherubina. Wir möchten hiermit höchstoffiziell und mit aller gebotenen Achtung dem erwähnten Kai Muggenthaler mitteilen, dass wir ihm ein Angebot unterbreiten. Besagtes Angebot wird im Auftrag der Generalversammlung mündlich mitgeteilt, überbracht von unserem Abgesandten Kaspar Hinkeldei höchstselbst. Gezeichnet: Die schwarzen Wichtel."

Hinkeldei rollte das Papier wieder zusammen, ließ es unter seinem Mantel verschwinden, legte die Hände in den Schoß, baumelte mit den Beinen und schaute Kai mit wichtiger Miene an.

„Redet ihr immer so altmodisch?", fragte der.

„Junger Mensch, wenn du erst mal ein paar hundert Jahre auf dem Buckel hast, so wie unsereiner, dann wirst auch du etwas altmodischer reden."

„Ganz bestimmt. Aber um was geht es denn nun eigentlich?"

„Die Sache verhält sich im Grunde genommen ganz einfach, Herr Muggenthaler. Wir möchten Ihnen vorschlagen, mit uns einvernehmlich das Glück und die Zufriedenheit auf beiden Seiten zu sichern."

„Das kapiere ich immer noch nicht."

„Nun, junger Mensch, wir fühlen uns von dir in unseren wichtigen Vorhaben gestört. Das muss ein Ende haben."

„Verstehe ich das richtig", fragte Kai. „Ich soll den Fall nicht weiter bearbeiten?"

„Ganz genau. Und im Gegenzug sind wir als Vertreter einer ehrenwerten Gesellschaft mit tausendjähriger Tradition bereit, deinem Lebensglück wieder auf die Beine zu helfen."

„Was soll das jetzt heißen?"

„Dass wir dir dein Liebchen zurückgeben!"

„Anastasia? Sie ist nicht mein Liebchen, sondern meine Assistentin."

„Welche Kosenamen du ihr gibst, bleibt ganz allein dir überlassen. Du bist also geneigt, unser Angebot anzunehmen?"

„Was passiert denn, wenn ich mich weigere?"

„Dann wird das arme Mädchen seine nächsten hundert Jahre in unserer Fabrik Sklavenarbeit verrichten müssen."

„Ich habe also keine andere Wahl?"

„Selbstverständlich nicht. Wir haben bereits alles schriftlich festgehalten." Kaspar Hinkeldei zog eine zweite Schriftrolle hervor und reichte sie Kai.

*„Hiermit verpflichtet sich Karl Hinrich Muggenthaler,*
*Privatdetektiv, zur sofortigen*
*Einstellung aller Ermittlungen bezüglich gewisser*
*Unregelmäßigkeiten beim diesjährigen und*
*nächstjährigen und aller folgenden Weihnachtsfeste. Alle*
*Nachforschungen haben zu unterbleiben.*

*Bei Vertragserfüllung erfolgt die unmittelbare Überstellung von Anastasia Buchsbaum zurück an den oben genannten jungen Menschen.*

*Im Auftrag der Generalversammlung der Wichtel überreicht und stellvertretend unterschrieben von:*

*Kaspar Hinkeldei*

*Seine Einwilligung erklärt der junge Mensch als Vertragspartner mit seiner Unterschrift:*

*Karl Hinrich Muggenthaler"*

„Und wenn ich das unterschreibe, kommt Anastasia sofort zurück?"

„Versprochen ist versprochen, so wahr ich Kaspar Hinkeldei heiße."

Was soll's, dachte Kai. Ich hab sowieso Stubenarrest. Wie soll ich da noch Detektivarbeit machen?

„Okay, ich unterschreibe. Haben Sie einen Stift?"

Der Wichtel tastete seine Taschen ab. „Oh, äh, ich bin untröstlich ... Dass mir das aber auch immer wieder passiert."

„Kein Problem", sagte Kai und stand auf, um zu seinem kleinen Schreibtisch zu gehen.

Und da kam ihm die Idee: Im Schreibetui entdeckte er den Stift mit der Spezialtinte, den Onkel Ernst ihm mal geschenkt hatte. Die Tinte verschwand nach vierundzwanzig Stunden vollständig.

„Und sie wird bestimmt sofort freigelassen?", fragte er noch mal nach.

„Aber ja, bei meiner Zwergenehre!"

„Gut." Kai unterschrieb und reichte dem Wichtel den Zettel. Im gleichen Moment merkte er, dass er zu zittern begann. Kein Wunder, denn die ganze Zeit war das Fenster auf gewesen.

Kaspar Hinkeldei steckte den Vertrag ein, stand auf, verbeugte sich und sagte: „Die ehrenwerte Wichtelgesellschaft bedankt sich und wünscht eine angenehme Nachtruhe." Dann schnippte er zweimal mit den Fingern und sprang auf die Fensterbank. Im gleichen Moment ertönte ein mächtiges Rauschen und ein Schlitten sauste vorbei, gezogen von zwei Rentieren. Ein kalter Luftzug schlug Kai ins Gesicht, dann war der Wichtel verschwunden und hinterließ eine Wolke von aufgewirbeltem Sternenstaub.

Ein irrer Traum, dachte Kai gähnend. Er schloss das Fenster und legte sich ins Bett.

## Zwanzigstes Kapitel,

in dem von guten und weniger guten Entwicklungen berichtet wird

Als Kai am nächsten Morgen erwachte, stellte er fest, dass er sich schlimm erkältet hatte. Schlucken tat weh, husten tat weh, nicht schlucken und nicht husten auch. Hausarrest und Stubenarrest hatten sich erledigt: Jetzt hatte Kai Bettarrest.

Oma Muggenthaler brachte ihm Becher mit Salbeitee, Pfefferminztee, Lindenblütentee, Eisenkrauttee, Apfeltee, Hagebuttentee, Malventee – alles schmeckte gleich scheußlich. Das Einzige, was Kai runterbekam, war heiße Milch mit Honig.

An Schule war nicht zu denken. Heute würde Kai im Land der Kissen und Decken gefangen sein. Total langweilig. Seine Eltern hatten ihm das Handy abgenommen, also konnte er noch nicht einmal bei Anastasia zu Hause anrufen und nachfragen, ob sie schon wieder da war.

Müsste sie eigentlich, oder? Kai hatte ja diesen Vertrag unterschrieben. Falls der Besuch des schwarzen Wichtels nicht bloß ein Traum gewesen war. Bei näherem Nachdenken war Kai sich nicht mehr so sicher, dass diese verrückte Geschichte mit den Zwergen und den fliegenden Schlitten wirklich passiert war. Aber andererseits war seine schlimme Erkältung der beste Beweis dafür, oder?

Hoffentlich war es so gewesen. Dann kam Anastasia innerhalb von vierundzwanzig Stunden zurück. Wenn die Zwerge erst mal gemerkt hatten, dass Kai mit einer von selbst verschwindenden Tinte unterschrieben hatte, würden sie Anastasia bestimmt nicht mehr gehen lassen.

Solche Gedanken konnten einen ganz schön nervös machen. Kai wälzte sich hin und her in seinem Bett.

Keine Abwechslung. Iwan hatte Hausverbot, er musste im Garten bleiben. Um sich von der Langeweile des Krankenbetts abzulenken, begann Kai in einem kriminalistischen Fachbuch zu lesen, dass Onkel Ernst ihm mal geschenkt hatte. Das Kapitel über die Ausbildung von Polizeihunden fand er am interessantesten. So wie es aussah, hatte Iwan noch viel zu lernen. Und Kai auch: Er nahm sich vor, Onkel Ernst zu bitten, ihm zu erklären, wie man winzig kleine Spuren unter dem Mikroskop entdecken kann.

Darüber schlief er ein. Er wachte erst wieder auf, als schwere Stiefel die Treppe zum ersten Stock hinaufpolterten, den Flur entlang mit großen Schritten näher kamen und vor seiner Tür stoppten. Dann ertönte ein lautes, energisches Klopfen. Kai schreckte hoch. Wer war das? Polizei? Wollten die ihn zur Rede stellen wegen seines gestrigen Abenteuers am Bahnhof? Was sollte er tun? Raus aus dem Fenster? Runter unters Bett?

Zu spät. Die Tür wurde aufgestoßen und die schweren Stiefel trampelten ins Zimmer. Und mit ihnen ein Mädchen mit dünnen Beinen in gestreifter Strumpfhose, mit einem viel zu bunt karierten Rock und einer schwarzen Daunenjacke. Dazu trug es eine grell gemusterte Hirtenmütze mit mehreren Bommeln. Die Mütze flog durch die Luft und landete direkt in Kais Gesicht.

„He! Was soll das!“, rief Kai.

„Glotz nicht so, du siehst aus wie ein Ochsenfrosch, der zum ersten Mal einen Storch sieht.“

„Na ja“, krächzte Kai, „der Frosch sitzt in meinem Hals.“

„Oje“, sagte Anastasia. „Das klingt ja schlimm. Dich hat's wohl schwer erwischt.“

„Beim Versuch, dich zu retten, habe ich mir fast den Tod geholt“, erklärte Kai großspurig.

„Toll.“ Anastasia setzte sich auf den Rand des Bettes und ließ die Beine baumeln. „Stell dir vor, die schwarzen Wichtel haben mich entführt! Die haben mir aufgelauert, als ich auf dem Weg zu unserem Büro war. Sie kamen von oben und haben mich gepackt und auf den Schlitten gesetzt. Ein Schlitten mit Rentieren, echt wahr! Wir sind über die Häuser gesaust. Sogar dich hab ich gesehen, wie du da unten gelaufen bist, mit Iwan. Ich hab gerufen und gewinkt, aber da haben mir diese grässlichen kleinen Kerle den Mund zugehalten und ein Tuch um die Augen gebunden. Ganz schön peinlich, die gingen mir ja gerade mal bis zum Bauchnabel."

„Muss dir nicht peinlich sein", sagte Kai. „Gulliver ging es im Lande Liliput auch nicht besser, und bei ihm waren die Zwerge noch kleiner."

„Schön war 's trotzdem nicht. Die haben mich in eine Halle geschleppt, die war vollgepackt mit Kisten und Kartons. Alles Weihnachtssachen, die sie geklaut hatten. Ich frage mich bloß, was sie damit machen wollen. Wieso nehmen die uns Weihnachten weg?"

Kai zuckte ratlos mit den Schultern. „Wenn ich das bloß wüsste ..."

„Das Schlimmste war, dass ich die ganze Zeit nur Süßes zu essen bekam, weil sie ja nur Weihnachtszeug hatten. Lebkuchen, Zimtsterne, Spekulatius, Vanillekipferl, Linzer Augen – die waren bestimmt von deiner Oma, sehr lecker – aber für dieses Jahr hab ich genug davon."

„Wahrscheinlich bist du die Einzige, die in diesem Jahr überhaupt Weihnachtsgebäck bekommt."

„Na, ich danke auch schön. Es war wirklich nicht witzig, weil es da kalt war und ich nur eine Matratze hinter einem Stapel Kartons hatte. Jede Nacht kam ein Zwerg, der größer war als die anderen, und dann wurde das geklaute Zeug abtransportiert. Aber kurz darauf kam schon wieder neues rein. Ich hab keine Ahnung, wo das war, schien eine Lagerhalle zu sein."

„Im alten Güterbahnhof", sagte Kai. „Ich war dir dicht auf den Fersen. Beinahe hätte ich den Fall aufgeklärt und dich befreit. Aber warte nur ab, morgen bin ich wieder gesund. Und dann knöpfen wir sie uns vor."

„Aber die haben mir gesagt, du hättest einen Wisch unterschrieben, dass du nicht mehr weiterforschen willst."

„Hab ich auch, aber mit Geheimtinte, die nach vierundzwanzig Stunden verschwindet."

Anastasia lachte laut auf. „Echt wahr? Mensch, Kai, du bist echt klasse!" Sie zog ihn an sich und umarmte ihn.

In diesem Moment erschien Oma Muggenthaler in der Tür mit einer großen Schale voller Kekse. Kai und Anastasia ließen hastig voneinander ab. Oma lächelte vor sich hin und stellte die Schale auf Kais Nachtschränkchen: „Greift zu, Kinder." Anastasia schaute gequält auf frisch gebackene Lebkuchen, Zimtsterne, Spekulatius, Vanillekipferl, Linzer Augen …

„Ach, Oma Muggenthaler", sagte sie. „Sei mir nicht böse, aber ich habe eine Süßigkeitenvergiftung. Nimm sie lieber wieder mit."

„He!", rief Kai. „Und ich? Soll ich denn gar nicht mehr gesund werden?" Und er machte sich über die Kekse her.

Oma Muggenthaler ging zufrieden schmunzelnd davon.

„Wie können wir den Dieben nur das Handwerk legen?“, fragte Kai mit vollem Mund. „Zur Polizei gehe ich nicht.“

„Vielleicht hilft das hier ja“, sagte Anastasia und zog einen glänzenden Gegenstand aus ihrer Jacke hervor.

„Was ist das denn?“

„Ein Stern. Aus Gold. Hat mir heimlich einer zugesteckt“, erzählte Anastasia. „Als sie mich gehen lassen wollten, kam ein Wichtel zu mir, um mir wieder die Augen zu verbinden. Er war schon etwas älter, sein Bart war länger als bei den anderen. Er sagte: ‚Was hier passiert, ist schrecklich. Du musst Hilfe holen. Halte diesen Stern in den Abendhimmel!‘“

Kai nahm den Stern in die Hand. Er war schwer – offenbar wirklich aus echtem Gold. Und sehr glatt. Er fühlte sich angenehm an. Kai hatte das Gefühl, dass seine Kräfte wiederkehrten. Vielleicht lag das aber auch nur an den vielen Keksen, die er mittlerweile verdrückt hatte.

## Einundzwanzigstes Kapitel,

in dem nicht nur Schnee vom Himmel fällt

Einige Tage später standen Kai und Anastasia im Schneegestöber vor dem Laden von Naschi-Paul. Gerade gingen die Straßenlaternen an. Anastasia trug zu ihrer weißen Jeans einen roten Pulli mit schnörkeligem Herzchenmuster und ihre dicke rosa Weste mit Wuschelkragen. Ihre roten Handschuhe passten gut zu Kais Schal, aber seine gelbe Winterjacke und die graue Hose wirkten doch viel schlichter als ihr gewagtes Outfit.

„Wahnsinn", sagte sie, nachdem sie einen Salzkeks verdrückt hatte. „Guck dir bloß mal diese dicken Flocken an! Weißt du eigentlich, dass ich noch nie eine weiße Weihnacht erlebt habe?"

„Na und", sagte Kai wenig beeindruckt. „Diesmal wird es weiß, aber dafür gibt es kein Weihnachten." Er hatte sich ein Eis am Stiel gekauft, weil er mal ausprobieren wollte, wie es sich anfühlte, mitten im Schnee etwas zu essen, das eigentlich zum Sommer gehörte.

Anastasia legte den Kopf in den Nacken und ließ sich die Schneeflocken aufs Gesicht fallen. „Wenn die in den Fabriken sich ganz doll anstrengen würden, dann könnten sie doch auf einen Schlag ganz viele Weihnachtsartikel und Geschenke herstellen und sie in die Läden schaffen. Die schwarzen Wichtel kämen bestimmt in Schwierigkeiten, wenn sie das alles in einer Nacht wegschaffen wollten."

Kai stellte fest, dass Eisessen im Schneegestöber nicht so sensationell war, wie er gehofft hatte. Aber es sah lustig aus, wenn Schneeflocken auf der Schoko-Glasur liegen blieben, anstatt zu schmelzen.

„Ich glaube, die schwarzen Wichtel machen umgekehrt das, was die echten sonst tun. Die echten sind doch die, die dem Weihnachtsmann helfen, die Geschenke zu verteilen. Und zwar alle Geschenke, für alle Kinder auf der ganzen Welt, in einer einzigen Nacht! Man fragt sich immer, wie sie das schaffen, und darauf gibt es nur eine Antwort: Weihnachtszauber."

Anastasia nahm einen neuen Keks aus der Packung. „Hm, schön salzig."

„Hörst du mir überhaupt zu?", fragte Kai. „Ich meine, dass die schwarzen Wichtel den Weihnachtszauber andersherum benutzen."

Anastasia sah ihn verständnislos an. „Wenn du so oberschlau daherredest, dann verstehe ich gar nichts."

„Ich meine doch bloß, dass die beim Klauen genauso schnell sind wie die echten Wichtel beim Schenken."

„Ach so. Und was bedeutet das für uns?"

„Ich weiß nicht." Kai blickte niedergeschlagen auf den schneebedeckten Boden.

„Wir sind schon lange nicht mehr im Büro gewesen“, stellte Anastasia fest.

„Weil du immer mit diesem blöden Fernando Mathe übst.“

„Er kann es nicht so gut erklären wie du.“

„Warum lässt du dir dann von ihm helfen?“

„Weil er in meiner Klasse ist. Wollen wir nicht trotzdem mal ins Büro gehen? Wir könnten bei Onkel Ernst vorbei, der freut sich bestimmt.“

„Ach der“, sagte Kai. „Der hört doch immer nur Polizeifunk.“ Er leckte das Eis zu Ende und warf den Stiel in einen Mülleimer, der neben ihm stand.

„Er ist der Einzige, mit dem wir über die Sache reden können. Also sollten wir zu ihm gehen“, meinte Anastasia.

„Auch wieder wahr“, gab Kai zu.

Sie stapften durch den Schnee, bis sie vor der Toreinfahrt angelangt waren, die zu ihrem Detektivbüro führte.

Kai folgte ihr durch die Einfahrt auf den Fabrikhof und dann vor das kleine Haus mit dem Schild „Fachbuchhandel für Kriminalisten“. Anastasia klopfte an.

Die Fensterflügel wurden aufgeschoben und Onkel Ernsts bärtiges Gesicht erschien. Rote Augen, rote Nase, Schal um den Hals. Erkältet. Noch bevor er ein Wort sagen konnte, musste er sich das Taschentuch vors Gesicht halten und heftig niesen.

„Gesundheit!“, rief Anastasia.

„Danke. Hallo, Kinder. Kommt mir bloß nicht zu nahe, sonst erwischt es euch auch noch." Onkel Ernst steckte das Taschentuch weg. „Na, seid ihr immer noch den Weihnachtsdieben auf der Spur?"

„Ich hab noch mal bei der Polizei angerufen", sagte Kai. „Aber die haben mich ausgelacht. Außerdem glauben die immer noch, ich habe etwas mit den Taschendieben zu tun. Und das finde ich wirklich ungerecht."

„Ich rede mal mit denen und erklär ihnen, dass du ein anständiger Junge bist. Aber die tappen doch auch im Dunkeln. Niemand kann sich erklären, wie diese Diebstähle geschehen konnten. In den Zeitungen schreiben sie jetzt was von Außerirdischen und von Ufos."

„Es ist aber keine Verschwörung von Außerirdischen, sondern von Überirdischen", sagte Anastasia.

Onkel Ernst seufzte. „Ach Kinder, ihr wisst doch, was Detektive brauchen: Spuren und Beweise."

„Und was ist mit der schwarzen Zipfelmütze? Du hast doch selbst gesagt, sie sei aus Rentierwolle gestrickt."

„Ja, das hab ich rausbekommen, aber es reicht leider nicht, um meine ehemaligen Kollegen zu überzeugen."

„Einen Beweis hab ich doch noch", sagte Anastasia und kramte in der Tasche ihres Jäckchens. „Hier." Sie legte den goldenen Stern auf die Fensterbank. „Den hat mir einer der schwarzen Wichtel gegeben. Ich soll ihn in den Abendhimmel halten."

„Und? Hast du es getan?"

Kai seufzte. „Wir haben es versucht, aber es ist nichts passiert."

„Tja“, sagte Onkel Ernst, griff nach dem Stern und schaute ihn an. „Immerhin Gold.“

Kai blickte in den Himmel. „Es hat aufgehört zu schneien“, stellte er fest.

„Die Wolken haben sich verzogen“, sagte Onkel Ernst. „Es wird eine klare Nacht. Und schön kalt noch dazu.“

„Man kann die Sterne glitzern sehen“, stellte Anastasia fest. „Onkel Ernst, gib mir mal den Stern!“

„Der bringt doch nichts,“ sagte Kai gelangweilt.

„Hör mal zu, Mister Bond!“, sagte Anastasia. „Wir haben doch diesen Stern in den Abendhimmel gehalten.“

Kai nickte. „Ja, aber nichts ist passiert.“

„Es war ja auch bewölkt.“ Anastasia nahm den Stern, ging ein Stück vom Haus weg auf den Hof und hob ihn hoch.

Er glitzerte. Oben am schwarzen Nachthimmel glitzerten die Sterne kalt zurück.

„Tut sich doch nichts“, sagte Kai.

„Aber er glitzert doch so schön. Schöner als sonst.“

Anastasia hüpfte auf und ab, als wollte sie mit dem Stern hoch in den Himmel springen. „Es – muss – doch – was pas-sie-ren!“

„Hör auf, das bringt nichts“, sagte Kai.

In diesem Augenblick blitzte es hinter ihnen. Und der goldene Stern begann von innen her zu schimmern.

„Ich will euch ja nicht nerven, Kinder“, sagte Onkel Ernst und deutete in den Himmel. „Aber da kommt gerade ein Ufo angeflogen.“

Kai und Anastasia drehten sich um, starrten in die Höhe – und hielten die Luft an.

„Da sind sie“, flüsterte Kai und spürte, wie Anastasia sich an seinem Oberarm festkrallte.

## Zweiundzwanzigstes Kapitel,

in dem der Fall ganz neue Dimensionen annimmt

Das unbekannte Flugobjekt war ein Schlitten. Ein altmodisches Modell mit vorne hochgebogenen Kufen und schnörkeliger Rückenlehne, allerdings blitzblank geputzt, und das darf man wörtlich verstehen, denn alles – Kufen, Rahmen und alle kringeligen Verzierungen – schimmerte golden. Und es schien, als würde der Schlitten eine hauchdünne Wolke aus goldenem Sternenstaub hinter sich herziehen.

Dieses wundersame Luftgefährt hing da oben in der Luft, direkt über dem Fabrikhof, in dessen Mitte Kai und Anastasia nun wie hypnotisiert genau zu der Stelle gingen, wo der Schlitten sich langsam herniedersenkte.

„Das gibt's gar nicht", flüsterte Anastasia immer wieder, „das gibt's gar nicht!"

Und Kai: „Doch, doch, doch …"

Aber trotzdem kam es den beiden sehr unwahrscheinlich vor, was sie da sahen, denn zu dem wunderlichen Flugzeug gehörten noch zwei Rentiere mit mächtigem Geweih, die mit silbrig glänzendem Zaumzeug vor den Schlitten gespannt waren.

Einen so großen Schlitten hatte Kai noch nie gesehen. Ein Riese hätte hineingepasst. Aber auf dem mit rotem Samt gepolsterten hinteren Sitz saßen drei Wichtel, eingemummt in karierte Decken. Vorn auf dem Kutschbock hockte, mit den Zügeln in der Hand, ein vierter.

Anastasia rieb sich die Augen. Kai blinzelte ungläubig.

Der Schlitten setzte auf. Der Wichtel auf dem Kutschbock zog die Zügel fest an. Die Rentiere blieben ganz ruhig stehen, und wenn sie nicht gelegentlich ihre Geweihe bewegt hätten, hätte man sie für Standbilder halten können.

Der mittlere der drei Wichtel stand von seiner Bank auf und hob eine Hand zum Gruß.

„Die sind ja rot angezogen", stellte Anastasia fest. „Das sind gar keine schwarzen Wichtel!"

„Guten Abend, liebe Kinder", sagte der mittlere Zwerg und seine Stimme klang erstaunlich fest und laut und tief.

„Guten Abend", antwortete Anastasia.

Kai staunte weiter und sagte nichts.

Die beiden anderen Wichtel standen auf, der Kutscher drehte sich um, und wie aus einem Mund sagten sie: „Guten Abend."

Anastasia stieß Kai an und der fand endlich seine Sprache wieder: „Guten Abend, meine Herren."

Der mittlere Zwerg, der etwas größer war als die anderen und anscheinend auch älter, trat einen Schritt an den Schlittenrand und sagte: „Wir haben ihn leuchten sehen."

„Wen denn?", fragte Anastasia.

„Den Stern, Anna!", zischte Kai ihr zu.

„Ach so, ja klar." Jetzt erst merkte Anastasia, dass sie den goldenen Stern immer noch in der Hand hatte. Sie streckte die Hand aus und hielt ihn dem Wichtel hin.

Der legte die Stirn in Falten und sagte: „So etwas dürfen Menschen nicht besitzen." Er wollte ihr den Stern

aus der Hand nehmen, aber Anastasia zog sie blitzschnell zurück und lachte: „Stopp, den habe ich geschenkt bekommen."

Der Wichtel verschränkte die Arme vor der Brust: „So? Von wem denn? Von uns jedenfalls nicht."

„Den hat mir ein schwarzer Wichtel geschenkt, keiner von euch roten", sagte Anastasia.

Alle vier Wichtel starrten sie böse an.

„Seid ihr beiden etwa mit denen verbündet?", fragte der Wortführer.

„Tja, wer weiß", erklärte Anastasia und legte ihre zweite Hand über die erste, um den Goldstern zu schützen.

Kai schaltete sich ein: „Der letzte Wichtel, den ich getroffen habe, hat sich vorgestellt. Ich würde gern wissen, mit wem ich es diesmal zu tun habe. Ich mache mal den Anfang." Er deutete auf seine Freundin. „Das hier ist Anastasia, meine Assistentin, und ich bin Kai Muggenthaler, der Detektiv."

„Du sollst immer meine ganzen Vornamen nennen, wenn es wichtig wird!", zischte Anastasia ihm zu.

„Sei still!", sagte Kai und wandte sich wieder an die Zwerge: „Mit wem haben wir nun also die Ehre?"

„Ich bin Kaspar", sagte der Größere.

„Kaspar", sagte der Rechte.

„Kaspar", sagte der Linke.

Und der auf dem Kutschbock sagte: „Kaspar."

Wieder spürte Kai den Ellbogen von Anastasia in den Rippen. „Die wollen uns veräppeln", flüsterte sie.

„Oh, ich bitte vielmals um Entschuldigung“, sagte der Älteste. „Wir Wichtel haben alle den gleichen Vornamen. Mein Name ist Kaspar Vogelschnipp.“

„Wieselpütz“, sagte der Rechte.

„Zundernagel“, sagte der Linke.

Und der auf dem Kutschbock sagte: „Borstlischnek.“

Anastasia stöhnte: „Können wir bei den Vornamen bleiben? Ich kann mir das wirklich nicht merken.“

„Oh, das ist in Ordnung“, sagte der Wortführer. „Bei uns reden sich alle nur mit Vornamen an.“

„So“, sagte Kai. „Nachdem wir nun die Formalitäten erledigt haben, können wir ja zum Thema kommen. Was wollt ihr von uns?“

„Was wollt ihr von uns?“, sagte der Oberwichtel.

„Ist das ein Spiel?“, fragte Anastasia.

„Ihr habt den Stern in den Himmel gehalten und wir sind gekommen. Also?“, fragte der Wichtel.

Anastasia schaute Kai fragend an: „Soll ich mal eben kurz erklären?“

Kai nickte. „Aber ganz kurz.“

„Okay, also: Die schwarzen Wichtel haben mich entführt und im alten Güterbahnhof festgehalten, wo sie Waggons mit geklauten Weihnachtssachen beladen. Ein Wichtel hat mir den Stern gegeben und mich gebeten, Hilfe zu holen.“

„Aha“, sagte der Wichtel. „Wie hieß er?“

„Kaspar natürlich. An den Nachnamen kann ich mich nicht erinnern.“ Er hat mich regelrecht angefleht, etwas zu tun. Wir sollen euch ausrichten, dass ein schwarzer Wichtel Hilfe braucht. Er sagte noch: ‚Was hier passiert, ist schrecklich.'

Der Oberwichtel nickte und schaute nachdenklich zu Boden: „Das schlechte Gewissen also." Dann hob er ruckartig den Kopf und blitzte Kai aus gletscherblauen Augen an: „Und was ist mit unserem Auftrag?"

„Wie bitte?", stammelte Kai.

„Die Rettung des Weihnachtsfestes, Privatdetektiv Muggenthaler! Wir haben unsere Botschafterin Michaela Cherubina geschickt und dir den Auftrag erteilt. Du hast angenommen. Wo sind die Ergebnisse?"

„Ihr wart das? Nun ja ..." Kai dachte fieberhaft nach. Er hatte nicht viel erreicht und Weihnachten stand vor der Tür. Aber das war doch nicht seine Schuld! Diese Wichtel hatten ihm einfach zu wenig Hinweise gegeben! „Ehrlich gesagt, weiß ich immer noch nicht genau, um was es hier eigentlich geht. Und wenn ein Auftraggeber dem Detektiv nicht genug Informationen gibt, dann kann der den Auftrag zurückgeben."

Der Wichtel strich sich über den Bart. „Nun ja, ich gebe zu, es ist verzwickt."

„Wieso seid ihr eigentlich nicht selbst zu Kai gekommen, sondern habt diese eingebildete Schnepfe geschickt?", fragte Anastasia.

„Weil wir von unserem Hauptquartier nicht wegkonnten. Die Schwarzen haben nicht nur fast alle Schlitten mitgenommen, sondern auch den Weihnachtszauber geklaut. Damit war es uns erst mal unmöglich zu fliegen. Also mussten wir Michaela zu euch Menschen schicken. So was hat ja früher schon mal ganz gut funktioniert. Sie sollte euch um Hilfe bitten."

„Leider hat sie nicht sehr viel erzählt und ich musste alles allein herausfinden", seufzte Kai.

„Wir!", korrigierte Anastasia.

„Das ist nicht Michaelas Schuld. Das Problem ist, dass wir bei Nordlicht im Winter nur sehr schwer Kontakt mit den höheren Sphären aufnehmen können. Und wir haben nur ein uraltes Morsefunkgerät, weil die Schwarzen alles mitgenommen haben, was nicht niet- und nagelfest war."

„Und wie ist es euch gelungen, nun doch herzukommen?", fragte Anastasia neugierig.

„Erst nachdem wir eine kleine Reserve Sternenstaub gefunden hatten, konnten wir wenigstens diesen einen Schlitten flottmachen. Aber ob es wieder bis nach Hause reicht, wissen wir auch nicht."

„Können wir jetzt bitte endlich mal erfahren, was das Geheimnis dieser schwarzen Wichtel ist?"

„Es ist kein Geheimnis. Sie haben einfach rebelliert. Man kann es ja sogar ein bisschen verstehen. Wir Wichtel haben es nicht einfach. Wir werden ja viel älter als ihr Menschen. Das heißt, dass wir jahrhundertelang arbeiten müssen", sagte der Oberwichtel.

Wieselpütz ergänzte: „Schuften."

Zundernagel fügte hinzu: „Eine echte Plackerei!"

„Im Schweiße unseres Angesichts“, seufzte der Kutscher Borstlischnek.

„Dreihundertdreiundsechzig Tage im Jahr“, erklärte Vogelschnipp. „Nur an den beiden Weihnachtsfeiertagen haben wir frei. Die Arbeit wurde im Laufe der Jahrhunderte immer mehr, weil es ja immer mehr Menschen gibt, die zu Weihnachten beschenkt werden müssen. Bei euch wurde die Arbeitszeit pro Tag kürzer, bei uns länger. Erst acht, dann zehn, dann zwölf und vierzehn – inzwischen müssen wir sechzehn Stunden am Tag werkeln. Das ist zu viel!“

„Und deshalb wollen einige von euch nicht mehr mitmachen“, stellte Kai fest.

„Die Hälfte der Wichtel hat sich gegen den Weihnachtsmann gestellt und bessere Arbeitsbedingungen gefordert, aber …“ Vogelschnipp zuckte mit den Schultern.

„Der Alte ist verstockt“, sagte Wieselpütz.

„Unbarmherzig“, sagte Zundernagel.

„Denkt nur an sich und seinen Ruhm“, meinte der Kutscher.

„Man muss ihn verstehen. Er trägt die ganze Verantwortung und ist auch im Stress. Und das in seinem Alter. Er ist ja noch ein ganzes Stück älter als wir.“

„Warum habt ihr nicht auch protestiert?“, fragte Anastasia.

„Weil wir ihn nicht im Stich lassen wollen. Und euch auch nicht. Weihnachten darf doch nicht einfach ausfallen.“

„So wie es aussieht“, sagte Kai, „wird es dieses Jahr kein Fest geben. Alle Geschenke und die ganze Dekoration sind geklaut. Aber wer weiß, vielleicht wollen die schwarzen Wichtel ja nur selbst alles verteilen und den ganzen Ruhm für sich.“

„Leider ist es wohl ein bisschen anders“, sagte Anastasia. „Ich war doch bei ihnen. Die streiten sich andauernd. Die einen wollen die Geschenke auf eigene Faust verteilen, die anderen möchten sie für sich behalten. Sogar von Verkaufen war die Rede. Ein paar wollen schnell viel Geld machen und dann in Ewigkeit faulenzen.“

„Den Vernünftigen unter ihnen geht es vor allem darum, den Weihnachtsmann unter Druck zu setzen“, sagte Vogelschnipp. „Sie haben ihm einen Brief geschrieben. Sie wollen die 40-Stunden-Woche zurück, wie es sie im Mittelalter gegeben hat. Aber der Alte hat abgelehnt.“

„Warum ist er denn so stur?“, fragte Kai.

„Weil er meint, dass es nicht anders geht. Es sind ja nicht nur viel mehr Menschen als früher. Die Menschen sind auch sehr anspruchsvoll geworden. Jeder einzelne fordert heute viel mehr Geschenke für sich. Das ist ein großes Problem.“

Anastasia seufzte. „Klingt so, als wäre da echt nichts mehr zu machen. In ein paar Tagen ist der vierte Advent.“

Kai dachte angestrengt nach. „Moment mal. Wenn ich es richtig sehe, sind die Geschenke für dieses Jahr doch alle hergestellt worden, und dann wurden sie gestohlen.“

„Nicht alle, aber der größte Teil. Mitte November haben die Rebellen plötzlich ihre roten Mäntel schwarz gefärbt und aufgehört zu arbeiten. Kurz vor dem ersten Advent sind sie dann abgehauen."

„Noch ist nicht alles verloren, wenn alle sich zusammenraufen", sagte Kai. „Wir haben den Auftrag, wir kriegen das hin!"

„Wie soll das denn gehen?", fragte Anastasia.

„Der Weihnachtsmann muss einlenken", sagte Kai. „Wenn er es nicht tut, werden die Menschen ihn nach kurzer Zeit vergessen haben. Das will er doch bestimmt nicht. Sagt ihm das."

„Geniale Idee", sagte Anastasia anerkennend.

„Und wir gehen zu den schwarzen Wichteln und machen ihnen ein Angebot."

„Was denn", sagte Anastasia. „So spät am Abend noch? Den ganzen Weg zum Bahnhof? Durch den hohen Schnee?"

„Wir können euch dort absetzen", sagte der Oberwichtel. „Es liegt ja auf dem Weg."

„Cool", sagte Anastasia, hechtete über den Rand des Schlittens und setzte sich auf einen freien Platz.

Der Kutscherwichtel öffnete eine kleine Tür und Kai stieg ein, nachdem er sich den Schnee von den Stiefeln geklopft hatte.

Alle bekamen warme Decken und spürten, nachdem der Kutscher mit der Zunge geschnalzt hatte, wie der Schlitten lautlos und ohne das geringste Wackeln abhob und langsam in den Himmel stieg. Unten wurde der Fabrikhof immer kleiner. Kai und Anastasia schauten ungläubig hinab. He! Da stand ja Onkel Ernst immer noch am Fenster! Sie winkten ihm zu.

Ein weiteres Zungenschnalzen und die Rentiere zogen an. Dann ging es langsam los. Sie wurden immer schneller und rasten in großen Wellenbewegungen wie in einem Karussell auf dem Jahrmarkt dahin, nur dass sie nicht im Kreis flogen, sondern schnurstracks Richtung Bahnhof.

Onkel Ernst stand am Fenster, kaute an seiner Pfeife und sah bald nur noch eine glitzernde Spur aus Sternenstaub am Himmel.

„Vielleicht sollte ich die Flugsicherung benachrichtigen, dass ein unbekanntes Flugobjekt im Luftraum unterwegs ist", murmelte er vor sich hin.

Dann stieg er in den Keller und schaltete das Funkgerät ein.

## Dreiundzwanzigstes Kapitel,

in dem Kai und Anastasia Mut beweisen

Nach kurzer Zeit befanden sie sich über dem Gelände des Güterbahnhofs. Der Schlitten blieb oben in der Luft stehen. „Sind wir hier richtig?", fragte Vogelschnipp.

„Ja", sagte Kai, „da unten sind die Schuppen, in denen sie die gestohlenen Sachen lagern, bevor sie sie in die Waggons verladen."

„Dann also runter mit euch!"

„Wie denn?", fragte Anastasia.

„Nehmt die Leiter", sagte der Kutscherwichtel und trug einen Sack nach hinten. Wieselpütz und Zundernagel öffneten ihn, zogen eine schimmernde Strickleiter hervor und warfen sie über Bord. Eine echte Strickleiter schien es nicht zu sein, jedenfalls war sie nicht aus Seilen geknüpft, sondern aus einem durchsichtigen, schimmernden Material, das nicht besonders stabil aussah. Vielleicht bestand es auch nur aus Strahlen? Die Leiter fiel nach unten und reichte genau bis auf eine Laderampe vor einem Schuppen.

„Wie jetzt?", fragte Anastasia zögernd.

„Einfach runterklettern", sagte der Kutscher.

„Äh …“, sagte Anastasia.

Kai sagte gar nichts, ihm war ganz schwummrig.

„Es kann nichts passieren“, versicherte Vogelschnipp. „Noch nie ist jemand von dieser Leiter gefallen.“

„Was soll das heißen?“, fragte Anastasia.

„Es ist eine Zauberleiter. Nicht du hältst dich daran fest, sondern sie sich an dir.“

„Klingt super“, sagte Anastasia und kletterte über den Rand des Schlittens.

Kai sah ihr nach, wie sie nach unten kletterte. Es schien ganz leicht zu sein. Er spürte, wie eine kleine Hand sich sanft auf seine Schulter legte.

„Der Zauber verhindert auch, dass dir schwindelig wird“, sagte Vogelschnipp.

Anastasia wurde schon übermütig. Erst hielt sie sich nur noch mit einer Hand an der schimmernden Leiter fest, dann streckte sie ein Bein aus, wie eine Artistin im Zirkus, und schließlich stand sie freihändig nur mit einem Bein auf einer Leitersprosse und rief: „Hurra!“

„Aber bitte nicht übertreiben!“, rief Vogelschnipp und half Kai aus dem Schlitten.

„Wir verlassen uns auf euch“, sagte der Wichtel und winkte ihm zu, während Kai sich langsam nach unten tastete. „Tschüs, und viel Glück!“

Eine Strickleiter aus Licht?, wunderte sich Kai. Das war wirklich eigenartig. Aber es funktionierte.

Als er unten angekommen war, grinste Anastasia ihn an und sagte: „Toll, oder?“

Kai nickte. Er hatte weiche Knie. Die Strickleiter verschwand vor ihren Augen. Jetzt merkten sie, wie dunkel es tatsächlich um sie herum war. Dunkel und still. Nur in der Ferne hörte man die Geräusche der Großstadt.

„Wie geht's jetzt weiter?", fragte Anastasia.

„Weißt du noch, wo sie dich gefangen gehalten haben?"

Anastasia schaute sich um. Die wenigen, weit auseinanderstehenden Laternen verströmten trübes Licht. Von den umliegenden Gebäuden waren kaum mehr als Schattenrisse zu erkennen.

„Ich wurde auf so einem flachen Wagen zu einer großen Halle gebracht. Es war genauso dunkel wie jetzt, aber ich hab deutlich gesehen, dass wir in Richtung Stellwerkturm gefahren sind. Und rechts daran vorbei. Dann kam irgendwo dahinten diese Halle."

Die schwarzen Umrisse des hohen Stellwerkturms hoben sich vom nicht ganz so schwarzen Himmel ab.

„Also müssen wir über dieses Gleis. Das führt in die richtige Richtung", meinte Kai und sprang von der Rampe in den Schnee. Über das Gleis mussten erst kürzlich Züge gefahren sein, denn es lag kein Schnee auf den Schienen.

„Wenn mal bloß kein Zug kommt", sagte Anastasia.

„Das hören wir dann schon", sagte Kai. „Los, komm!"

Anastasia rutschte aus und stolperte. „Eine Taschenlampe wäre auch nicht schlecht gewesen."

„Weiter", drängte Kai. „Weihnachten steht vor der Tür, und irgendwo da vorne sind die Geschenke versteckt!"

Das Gleis führte nach links und dann in einem Bogen auf das große zweiflügelige Tor der Halle zu, die viel breiter und höher war als die Lagerschuppen. Die Fläche vor dem Tor wurde von einer hohen Bogenlampe beleuchtet. Um nicht den Umweg über die Schienen gehen zu müssen, verließen die beiden das Gleis und gingen direkt auf die Halle zu. Schwupp! verlosch das Licht der Bogenlampe. Sie blieben stehen. Waren da hin und her schwenkende Lichter hinter den hohen Fenstern der Halle zu sehen? War dieses kreischende metallische Quietschen auf der anderen Seite des Gebäudes ein Hinweis darauf, dass jemand das Tor dort aufschob, um zu flüchten?

„Los!", rief Kai und sie rannten los.

In den rechten Torflügel war eine kleine Tür eingebaut. Kai drückte die Klinke runter und die Tür ging auf. Die beiden schlüpften hinein. Drinnen sorgten mehrere Lampen einer Notbeleuchtung für schummriges Halbdunkel. Auf mehreren nebeneinanderliegenden Gleisen standen teilweise aneinandergekoppelte Waggons.

„Da sind die geklauten Geschenke drin", flüsterte Anastasia. „Wollen wir mal reingucken?"

Kai horchte auf. „Sei mal still!" Er hörte Schritte. Da machte sich doch jemand an einem Waggon zu schaffen, am anderen Tor!

Jetzt hörte er das Geräusch von eisernen Rädern, die sich auf Schienen knirschend und schabend in Bewegung setzten.

„Da vorne!", rief Kai und rannte los. Anastasia hinterher. Vorbei an den Güterwagen, über Bretter, Paletten und Kisten hinweg. Und da sahen sie sie auch schon. Zwei kleine Schatten huschten um einen Waggon herum. Ein anderer Güterwagen rollte gerade aus der Halle.

„Die schnappen wir uns!“, zischte Kai.

Einer der beiden Schatten kletterte in den Waggon und rief: „Bremse lösen!“

Der andere stand auf dem rechten Puffer und strengte sich mächtig an, einen Hebel umzulegen. Der Hebel machte einen Ruck, der kleine Kerl purzelte herunter und der Waggon setzte sich in Bewegung. Ganz langsam, dann immer schneller rollte er davon. Der gefallene Wichtel wollte hinterherlaufen, da stürzten sich Kai und Anastasia auf ihn.

„Ah! Zwei gegen einen ist unfair!“

„Widerstand ist zwecklos“, keuchte Kai atemlos.

Sie hielten ihn fest.

„Gnade! Ich ergebe mich!“, rief der Wichtel.

„Lass ihn los, Anna“, sagte Kai. „Wir setzen uns da drüben auf die Kisten.“

Mit hängendem Kopf ging der Wichtel voran. Sie schoben sich drei Kisten zurecht und setzten sich.

„Das ist jetzt ein Verhör“, sagte Kai, „dass du das gleich weißt.“ Der Wichtel nickte. „Wir wollen dir nichts Böses“, fügte Kai hinzu.

„Na ja“, sagte Anastasia. „Immerhin ist das einer von den Weihnachtsdieben.“

„Trotzdem“, sagte Kai. „Wir haben einen Auftrag. Wir sind gekommen, um zu verhandeln.“

„Verhandeln? Auftrag? Von wem?“, fragte der Wichtel.

„Wir stellen hier die Fragen“, sagte Anastasia. „Sag uns erst mal, wie du heißt.“

„Kaspar.“

„Das dachten wir uns schon. Und weiter?“

„Fidibuster.“

„Gut“, sagte Kai. „Ich bin Kai Muggenthaler, der Detektiv, und das ist Anastasia, meine Assistentin. Kennst du Kaspar Vogelschnipp?“

„Das ist doch der Anführer der roten Wichtel.“

„Ganz recht“, sagte Kai. „Und jetzt führst du uns zu eurem Anführer. Wir müssen nämlich dringend mit ihm sprechen.“

„Das geht aber nicht", sagte Fidibuster. „Niemand von uns darf einem Fremden Zugang zum Geheimversteck verschaffen. Das ist verboten."

„Ich bin keine Fremde", sagte Anastasia, „ich war ja schon mal hier."

„Aber doch als Gefangene, das ist was anderes", widersprach Fidibuster.

„Ich bin auch kein Fremder", sagte Kai. „Ich kenne nämlich Kaspar Hinkeldei."

„Oh", sagte Fidibuster. „Den Chef persönlich!"

„Er war nachts bei mir zu Hause", ergänzte Kai.

„Ja, er ist der Einzige, der sich so etwas Gefährliches traut. Außerdem kann er gut reden. Deshalb ist er ja auch Chef geworden."

„Du zeigst uns jetzt den Weg zu ihm", sagte Kai.

„Da müsst ihr mir aber helfen. Wir müssen mit einem Waggon fahren. Sonst dauert es viel zu lange, jedenfalls wenn man so kurze Beine hat wie ich."

„Geht in Ordnung", sagte Kai. „Wir helfen dir, den Waggon in Bewegung zu setzen. Aber keine Tricks!"

## Vierundzwanzigstes Kapitel,

in dem Kai den Dieben ein Angebot macht, das sie nicht ablehnen können

Der Wichtel half Kai und Anastasia auf einen Wagen zu klettern, der nur aus einer Plattform mit Rädern bestand. „Aber wie bekommen wir den jetzt zum Fahren?“, fragte Kai.

„Oh, das ist kein Problem“, sagte Fidibuster und deutete auf einen großen Hebel. „Wir müssen nur die Bremse lösen. Die Schienen führen bergab. Der Waggon rollt ganz von allein.“

„Und woher wissen wir, dass der Waggon in die richtige Richtung fährt?“, wollte Kai wissen.

„Die Weichen sind gestellt“, sagte Fidibuster.

Kai schaute fragend zu Anastasia. „Wollen wir wirklich mitfahren?“

„Das letzte Mal war ich in einem geschlossenen Wagen und hatte eine Augenbinde. Aber jetzt auf dem offenen Wagen, das ist cool, das ist wie Achterbahn auf dem Rummelplatz.“

Hoffentlich nicht, dachte Kai. Und fragte weiter: „Wohin rollen wir denn dann?“

„In die Unterwelt", sagte Fidibuster und versuchte die Bremse zu lösen.

„Also Achterbahn und Geisterbahn", stellte Anastasia zufrieden fest.

Kai half Fidibuster, aber die Bremse löste sich erst, als Anastasia mit anpackte und sie mit vereinten Kräften den Hebel umlegten.

Quietschend setzte sich der Waggon in Bewegung und verließ die Halle. Rumpelnd wurde er schneller, bis er so rasant dahinrollte, dass die stählernen Räder in den Kurven laut aufkreischten und Kai glaubte, Funken sprühen zu sehen. Die drei Passagiere mussten sich an den Eisenpfosten am Rand des Waggons festhalten.

Anastasia schrie begeistert. Aber Kai wurde mulmig, denn es ging immer steiler bergab und der Wagen fuhr schneller und schneller.

„Äh, sag mal", sagte er zu Fidibuster, der einfach nur dastand und nach vorne schaute. „Wie kann man diesen Waggon eigentlich ..."

Da tat sich ein riesiger schwarzer Schlund auf und verschlang den Güterwagen. Gleichzeitig begann ein ohrenbetäubendes Dröhnen, weil die Fahrgeräusche von den Wänden widerhallten. Sie waren in einen Tunnel eingefahren. Und noch immer ging es bergab. An den Wänden hingen in regelmäßigen Abständen Lampen.

Kai brüllte, so laut er konnte: „Wie kann man den Waggon eigentlich wieder abbremsen?"

Fidibuster deutete auf den verrosteten Bremshebel.

„Wir sind zu schnell!“, schrie Kai.

Fidibuster schien jetzt auch dieser Meinung zu sein. Jedenfalls nickte er eifrig. Kai deutete auf die Bremse. Zu zweit versuchten sie den Hebel umzulegen. Es ging nicht. Anastasia half mit, aber der Bremshebel bewegte sich nicht mehr.

Der Waggon beschleunigte immer noch. Fidibuster schien jetzt ernsthaft beunruhigt. Er zerrte wie ein Wilder an der Bremse, aber ohne Erfolg.

Der Tunnel wurde höher und breiter, die Lichter vermehrten sich und wurden heller.

„Wir sind gleich da!“, rief Fidibuster. „Aber wenn wir weiter so schnell rasen, gibt es einen Unfall!“

„Da!“, schrie Kai und deutete auf eine Art Steuerrad in der hinteren Ecke des Wagens.

Anastasia sah ihn verständnislos an, als wollte sie sagen: Auf Schienen kann man doch nicht lenken.

„Damit kann man auch bremsen!“, schrie Kai durch das Poltern, Dröhnen und Rumpeln um sich herum.

Fidibuster nickte eifrig, Anastasia kapierte endlich, und dann standen sie alle drei an dem Rad und drehten und drehten und merkten, wie die Bremsen griffen und aufkreischten und ein metallisches Quietschen immer lauter wurde. Der Waggon wurde langsamer, im Tunnel wurde es immer heller und sie erreichten eine kahle unterirdische Station mit betonierten Bahnsteigen, auf denen kleine schwarze Schatten herumwuselten.

Genau hinter den anderen Waggons kam der Wagen

zum Stehen. Kai, Anastasia und Fidibuster seufzten laut auf und schauten einander verlegen grinsend an. Das war ja gerade noch mal gutgegangen.

„Wo sind wir denn hier?“

„Das ist ein verlassener U-Bahn-Schacht. Der ist kilometerlang. Die Menschen haben ihn vergessen“, flüsterte Fidibuster. „Die Station wurde nie fertig gebaut.“

Die schwarzen Schatten auf den Bahnsteigen näherten sich. Schon war der Waggon von zahlreichen Wichteln umringt. Alle trugen schwarze Umhänge und schwarze Zipfelmützen.

Einer löste sich aus der Menge und kletterte auf den Wagen. Kai erkannte ihn sofort. Es war der Wichtel, der ihn neulich nachts besucht hatte. Kaspar Hinkeldei. Empört baute er sich vor den drei Passagieren auf. Seine Augen blitzten vor Zorn, als er sich an Fidibuster wandte: „Wie kannst du unglückseliger Tropf es wagen, diese Menschen hierherzubringen?!“

Fidibuster wurde blass. „Äh, ich … also … die wären sowieso gekommen!“

Hinkeldei baute sich mit verschränkten Armen vor Kai auf und rief empört: „Junger Mann, es ist bei Strafe verboten, hier einzudringen! Dies ist Sperrgebiet für alle Menschen und Tiere, Zugang nur für Angehörige unserer Organisation.“

„Organisation?“, sagte Anastasia. „Eine Diebesbande ist das!“ Sie hatte sich umgeschaut und die vielen Kisten und Kartons bemerkt. Manche waren geöffnet und man sah deutlich, dass überall Weihnachtsgeschenke darin lagen.

„Sei mal still, Anna", mahnte Kai. „Wir haben doch einen Auftrag."

„Ha!", rief Hinkeldei und stampfte mit dem Fuß auf: „Wenn hier jemandem erlaubt ist, Aufträge zu übernehmen, dann meinem Gefolge." Er deutete auf die zahlreichen Wichtel, die den Waggon umringt hatten und mit offenen Mündern hinaufblickten. „Und wenn überhaupt, dann nur Aufträge von mir!"

„Sie kennen doch sicherlich Kaspar Vogelschnipp", fuhr Anastasia ungerührt fort.

„Vogelschnipp!", rief Hinkeldei zornig aus. „Diesen feigen Sklaventreiber? Und ob ich den kenne!"

„Wir auch", sagte Anastasia. „Er schickt uns."

„Wir haben eine Verhandlungsvollmacht", ergänzte Kai.

„Hier wird nicht verhandelt!", rief Hinkeldei.

„Sie sollten uns erst mal anhören", schlug Kai vor.

„Nein!"

„Seien Sie nicht dumm", sagte Anastasia.

„Was bildest du dir ein? Wie kannst du mich dumm nennen!"

„Dumm ist, wer sich den Ast absägt, auf dem er sitzt", warf Kai ein.

„Was willst du Unseliger mir damit sagen?"

„Damit will ich sagen, dass ihr euch selbst schadet, wenn ihr den Menschen das Weihnachtsfest stehlt."

„Es sind nur noch ein paar Tage bis Heiligabend", stellte Anastasia fest. „Und die ganze Dekoration und alle Geschenke sind weg. Die Menschen sind echt traurig, vor allem die Kinder. Aber wenn sie erst mal herausgefunden haben, wer daran schuld ist, werden sie sicher wütend werden."

„Und die Wut wird sich gegen euch richten", ergänzte Kai. „Was dann? Die Menschen sehen in euch nur Diebe, sonst nichts."

Der Anführer der schwarzen Wichtel wurde nachdenklich. „Aber wir sind doch keine Diebe! Wir kämpfen für unser Recht."

„Darüber sollten wir reden. Wir möchten euch ein Angebot machen."

„Oh, tatsächlich?", fragte Hinkeldei überrascht.

„Wir meinen es ernst." Kai deutete auf den Boden des Waggons. „Wollen wir uns nicht mal hinsetzen?"

„Niemals!", rief Hinkeldei. „Nicht auf den Boden! Ihr seid unsere Gäste." Er hob einen Arm und schnippte mit den Fingern.

In Windeseile wurden drei Stühle herangeschafft. Gerade groß genug für einen Wichtel, aber etwas zu klein für ein Menschenkind. Kai und Anastasia setzten sich trotzdem darauf.

„Kaffee? Tee? Kakao? Saft?", fragte Hinkeldei.

„Gern, aber nicht alles zusammen in einem Becher", grinste Anastasia.

Ein Klapptisch wurde gebracht, dann Caro-Kaffee,

Pfefferminztee, heiße Schokolade sowie Apfelsaft, Orangensaft und Kirschsaft.

„Alles geklaut, hm?", murmelte Anastasia, verstummte aber, als Kai ihr einen warnenden Blick zuwarf.

Hinkeldei trank die heiße Schokolade in einem Zug aus. „Man nimmt uns also ernst", stellte er fest. „Und Vogelschnipp will verhandeln. Na gut. Aber was ist mit dem Alten?"

„Wollen wir nicht lieber mal von vorne anfangen?", schlug Kai vor. „Wenn ich vermitteln soll, muss ich erst mal verstehen, was euch bewogen hat, in den Untergrund zu gehen."

„Das will ich dir sagen, Karl Hinrich Muggenthaler. Zuerst beantworte mir eine Frage: Gibt es bei euch noch Sklaven?"

Kai und Anastasia sahen sich verwundert an, dann schüttelten beide den Kopf: „Schon lange nicht mehr. Zum Glück."

„Dann guckt euch mal die Wichtel an, die hier stehen. Das waren Sklaven. Viele sind schon mehrere hundert Jahre alt. Und die arbeiten seit ihrem sechzehnten Lebensjahr in den Werkstätten des Weihnachtsmanns. Jeden Tag vierzehn, sogar sechzehn Stunden, wenn der Winter näher rückt. Ohne Bezahlung, nur für freie Kost und Logis. Kein Urlaub! Immer nur Stress."

„Ach du Schande", entfuhr es Anastasia.

„Das nenne ich Sklaverei!", rief Hinkeldei. „Wie würdet ihr es nennen?"

„Das sind Arbeitsbedingungen, die nicht den modernen Gepflogenheiten entsprechen“, gab Kai vorsichtig zu und rückte seine Brille zurecht.

„Ganz recht. Früher war das bei euch Menschen auch mal so: Der Chef befiehlt und alle unterwerfen sich. Aber jetzt habt ihr eine Demokratie. Das Volk bestimmt selbst, wie es leben will. Aber bei uns gibt's das nicht. Bei uns bestimmt nur einer: der Alte, den ihr als den netten Weihnachtsmann mit dem weißen Rauschebart kennt.“

„Er ist nicht nett?“, fragte Anastasia vorsichtig.

Hinkeldei wurde verlegen. „Na ja, sicher ist er auch nett. Wie ein Großvater, klar. Aber verstockt. Er ist ja auch nicht mehr der Jüngste.“

„Habt ihr mit ihm geredet?“, fragte Kai.

„Gebettelt haben wir. Aber er behauptet, wenn wir nicht weiterhin so hart arbeiten, dann werden die Menschen mit ihren Fabriken alle Weihnachtsgeschenke selbst herstellen. Und dann ist er überflüssig und wir arbeitslos. Am ersten Advent haben wir zum letzten Mal miteinander gesprochen. Da haben wir gesagt, wir können nicht mehr. Wir sind müde, erschöpft, fix und fertig. Da hat er gesagt, wir seien selbst schuld, weil wir das ganze Jahr über getrödelt hätten. Aber das stimmt nicht. Wir konnten nicht schneller.“

„Und da habt ihr euch entschlossen aufzuhören.“

„Was blieb uns übrig? Zunächst ging es nur darum, zu zeigen, dass er ohne uns nicht auskommt. Aber dann ist uns die Idee gekommen, dass wir ohne ihn viel besser dran sind. Und da haben wir beschlossen, unsere roten Sachen schwarz zu färben, und haben den Weihnachtsmann verlassen. Die meisten kamen mit. Nur die Feiglinge blieben bei ihm."

„Ich glaube nicht, dass Vogelschnipp ein Feigling ist", sagte Kai. „Er hat eine andere Meinung zu der Sache, das ist alles."

„Meinetwegen", lenkte Hinkeldei ein.

„Ihr habt also die Geschenke mitgenommen, die ihr gebaut habt", sagte Kai.

„Alles haben wir mitgenommen."

„Auch das, was Vogelschnipp und seine Freunde gebaut haben."

„Klar", kicherte Hinkeldei.

„Das war aber nicht in Ordnung", stellte Anastasia fest. „Das ist Diebstahl."

„Den Menschen die Sachen aus den Geschäften zu klauen, war auch Diebstahl", fügte Kai hinzu.

„Das haben wir doch nur aus Verzweiflung getan."

„Das stimmt nicht!", rief eine Stimme aus der Menge dazwischen.

„Das ist der Wichtel, der mir den goldenen Stern gegeben hat", flüsterte Anastasia Kai zu.

Hinkeldei hob den Kopf: „Was soll das heißen?"

„Das will ich dir sagen", rief die Stimme aus der Menge. Und dann kletterte ein schmächtiger Wichtel auf den Waggon. „Du hast uns überredet, die Geschäfte selbst in die Hand zu nehmen. Du hast uns überredet, alle Weihnachtssachen zu klauen und zu horten, um sie dann später an die Menschen zu verkaufen. Das war keine gute Idee. Denn nun sind wir nichts weiter als gewöhnliche Diebe."

Hinkeldei schien verwirrt: „Was? Aber ihr habt doch zugestimmt."

„Jetzt sind aber die meisten von uns anderer Meinung. Wir sind zu weit gegangen. Wir bereuen, was wir getan haben. Das Schlimmste ist, dass wir den Weihnachtszauber mitgenommen haben. Der gehört dem Alten. Nur er darf ihn benutzen."

„Aber ich habe es doch nur gut gemeint. Ich wollte doch bloß, dass wir frei sind", murmelte Hinkeldei.

„Du bist über das Ziel hinausgeschossen", sagte der Wichtel. „Das wollte ich dir nur im Namen der anderen sagen."

„Aber wir sind im Recht. Wir müssen uns doch verteidigen!", sagte Hinkeldei in einem Ton, als würde er selbst nicht mehr so recht daran glauben.

„Wenn ihr so weitermacht", stellte Anastasia fest, „werden die Menschen euch die Polizei auf den Hals hetzen und ihr landet im Gefängnis."

Hinkeldei hob verzweifelt die Arme. „Aber was sollen wir denn tun? Wir können doch nicht zurück und alles so wie früher lassen."

„Das sollt ihr gar nicht", sagte Kai. „Wir sind hier, um euch einen Vorschlag zu machen."

Die Wichtel, die um den Waggon standen, rückten näher, als hätte ihnen jemand ein stilles Kommando gegeben. Offenbar sehnten sie sich alle nach einer Lösung. Sie waren gar nicht böse, sie waren nur verzweifelt und hatten sich in eine ausweglose Lage gebracht. Nun wollte sie kein Wort von Kai verpassen.

„Es ist ganz einfach“, sagte Kai. „Ihr schickt eine Abordnung zum Weihnachtsmann. Außerdem bereitet ihr alles vor, um die Geschenke doch noch rechtzeitig zu verteilen. Der Zauber wird euch dabei sicher helfen.“

„Wir sollen mit dem Alten verhandeln?“ Hinkeldei verzog das Gesicht.

„Die roten Wichtel werden ein Wörtchen mitreden. Auch sie sind der Meinung, dass sich etwas ändern muss. Das hat Vogelschnipp uns gesagt.“

„Ach, das wird doch wieder nur unnützes Geschwätz.“

„Nein!“, rief Kai. „Nicht, wenn ihr meinen Plan befolgt. Du hast doch gesagt, ihr wollt nicht mehr wie Sklaven behandelt werden. Warum, denkst du, ist das bei den Menschen nicht mehr so?“

„Das entzieht sich meiner Kenntnis, junger Freund.“

„Bei den Menschen haben sich die Arbeiter zusammengetan und eine Gewerkschaft gegründet. Und dann haben sie verhandelt. Und wenn das nichts gebracht hat, haben sie gestreikt. So haben die Menschen einen Achtstundentag, eine anständige Bezahlung und sogar Urlaubsgeld bekommen.“

„Urlaub?“, fragte Hinkeldei interessiert. „Was ist das?“

„Urlaub“, erklärte Anastasia, „ist, wenn ihr nach dem Weihnachtsstress alle in die Südsee fahrt und euch unter die Palmen an den Strand legt und Mädchen mit Hula-Hoop-Reifen um euch tanzen und euch einen Eisbecher Hawaii nach dem anderen servieren.“

Ein Raunen ging durch die Zwergenmenge. Dann ertönten Stimmen:

„Wir wollen Urlaub!“

„Acht Stunden sind genug!“

„Wir wollen Bezahlung!“

Und alle riefen: „Wir wollen Urlaub!“

Hinkeldei brüllte: „Ruhe! Wir sind noch nicht fertig!“

Kai stand auf und es wurde wieder still. „Ihr müsst euch zusammentun“, sagte er. „Die roten und die schwarzen Wichtel vereint werden siegen. Redet mit euren Kollegen! Redet mit dem Weihnachtsmann! Dann wird alles gut. Aber denkt daran, dass die Menschenkinder die Hauptleidtragenden sind, wenn ihr das Weihnachtsfest zerstört!“

„Bravo, gut gesprochen!“, riefen einige.

Und andere: „Wir wollen verhandeln!“

„Her mit der Wichtelgewerkschaft!“

„Die Roten und die Schwarzen vereint!“

„Urlaub! Urlaub!“

Anastasia zwinkerte Kai zu. Hinkeldei hatte sich eine Hand auf die Stirn gelegt und stöhnte: „Ich fürchte, wir müssen dieses Angebot annehmen.“

## Fünfundzwanzigstes Kapitel,

in dem Kai und Anastasia glänzende Augen bekommen

Aus dem Untergrund wieder herauszukommen, war nicht so einfach wie das Reinfahren auf dem Eisenbahnwaggon. Um in die umgekehrte Richtung bergauf zu fahren, hätte man erst mal eine Lok vorspannen müssen, und das ging nicht, weil die Wichtel noch nicht so weit waren. Bislang hatten sie einfach nur Waggons rollen lassen, denn die Wichtel, die mit Lokomotiven umgehen konnten, hatten sich auf die Seite der Roten geschlagen.

Also blieb nur der Weg zu Fuß. Der war beschwerlich, denn die Station, die niemals fertig gebaut worden war, verfügte über keine funktionierenden Aufzüge und die Treppen führten zu Ausgängen, die mit schweren Gittern versperrt worden waren.

Kai und Anastasia mussten, geführt von Fidibuster, einen endlos langen U-Bahn-Tunnel entlanglaufen, bis sie zum Ausgang kamen. Draußen hatte es wieder zu schneien begonnen. Der Schnee vor dem Tunnelausgang war so tief, dass man bis über die Knie einsank.

Anastasia stöhnte: „Mann, von hier aus ist es ein ewig weiter Weg bis nach Hause. Und es ist schon spät.“

„Keine Angst", sagte Fidibuster. „Ihr kommt gut nach Hause. Wartet hier."

Anastasia schreckte zusammen, weil sie vier leuchtende blaue Augenpaare auf sich zukommen sah und ein eigenartiges Hecheln hörte. Sie trat zwei Schritte zurück und stieß gegen Kai, der das Gleichgewicht verlor und nach hinten kippte. Im Fallen zog er Anastasia mit sich und sie landeten im tiefen Schnee.

Kurz darauf waren die leuchtenden blauen Augen über ihnen, und das Hecheln auch.

„Ah!", schrie Anastasia. „Wölfe!"

„Still!", rief Kai. „Das sind Hunde!"

Genauer gesagt Schlittenhunde. Noch genauer gesagte, vier Huskys mit einem Eskimoschlitten.

Kai und Anastasia rappelten sich auf und bemerkten Fidibuster, der hinten auf dem Schlitten stand und sagte:

„Mit dem Schlitten kommt ihr schnell nach Hause. Wenn ihr angekommen seid, finden die Hunde allein wieder zurück. Man braucht übrigens keine Zügel. Ihr müsst nur ein paar Kommandos kennen: Ho heißt vorwärts, he heißt nach rechts, ha heißt nach links und hu heißt stopp. Steigt einfach auf, den Rest machen die Hunde. Ich muss wieder zurück, ich will die Versammlung nicht verpassen. Tschüs und vielen Dank!“

Und schon war er im Tunnel verschwunden.

„Kai“, sagte Anastasia, „du setzt dich rein und ich stelle mich auf die Kufen.“

„Hast du dir die Kommandos gemerkt?"

„Klar. Los doch!"

Kai setzte sich in den Schlitten und Anastasia kommandierte die Hunde, was ihr offenbar großen Spaß machte. Sie rauschten durch die verschneite Stadt, meistens mitten auf der Straße, denn inzwischen lag so viel Schnee, dass die Autos kaum noch vorankamen.

Als sie vor Kais Haus anhielten, sagte Anastasia zum Abschied: „Meinst du, das mit Weihnachten klappt doch noch?"

„Das entscheidet sich morgen, wenn die roten und schwarzen Wichtel sich mit dem Weihnachtsmann an einen Tisch setzen."

„Hoffentlich ist der Alte nicht so bockig", sagte Anastasia.

„Hinkeldei hat mir die Funkfrequenz von Radio Nordpol genannt. Wir müssen Onkel Ernst überreden, sie einzustellen. Dann kann Fidibuster uns gleich berichten, wie die Verhandlungen ausgegangen sind."

„Ich bin echt gespannt", sagte Anastasia.

Sie winkte Kai noch einmal zu, stellte sich auf die Kufen und rief: „Ho!"

Wenige Sekunden später war sie im Schneegestöber verschwunden.

Am nächsten Morgen konnten sie ausschlafen, denn es war der erste Ferientag. Na ja, sie hätten ausschlafen können, aber sie waren so erpicht auf die neuesten Neuigkeiten vom Nordpol, dass sie sich sofort nach dem Frühstück trafen, um zu Onkel Ernst zu gehen. Iwan kam mit.

Es war ein bisschen schwierig, Onkel Ernst von der Aufklärung des Falls zu berichten, denn der wollte zunächst überhaupt nicht glauben, was sie ihm da erzählten. Dann aber holte er ein dickes Buch aus seinem Bücherschrank, in dem alles über die U-Bahnen in der Stadt stand, und fand ein Kapitel über einen Tunnel, der nie in Betrieb genommen worden war. Die Beschreibung stimmte mit der von Kai und Anastasia überein. Nun war auch er sehr an den Nachrichten vom Nordpol interessiert.

Den ganzen Vormittag saßen sie vor dem Funkgerät und warteten. Aus dem Lautsprecher kam nur Rauschen. Kai und Anastasia gingen abwechselnd mit Iwan nach draußen, damit es nicht zu öde wurde. Mittags aßen sie belegte Brote, die Oma Muggenthaler ihnen mitgegeben hatte. Iwan bekam eine Handvoll Leckerlis.

Und dann, als sie schon längst keine Lust mehr hatten, knisterte es endlich im Lautsprecher des Funkgeräts und die verzerrte Stimme von Fidibuster meldete sich: „Hallo, hier Radio Nordpol, hallo, hier Radio Nordpol. Kai und Anastasia, bitte melden."

„Ja, hallo, hier ist Kai, wir können euch hören. Gibt es was Neues? Wir sind sehr gespannt."

Sie rückten näher an den Lautsprecher, aus dem nur Satzfetzen zu ihnen drangen.

„Muss mich kurzfassen – Verhandlungen schwierig –

zuerst mussten die Roten und die Schwarzen zusammenkommen – Gewerkschaft gegründet – Hinkeldei und Vogelschnipp sind die Vorsitzenden – anschließend Runder Tisch mit dem Weihnachtsmann – heftiger Streit – Vermittlung durch Michaela Cherubina – Druck von ganz oben – Gewerkschaft anerkannt – der Alte gibt zu, dass er seine Ansichten ändern muss – will Zwölfstundentag – Kompromiss neuneinhalb – verweigert Urlaub – Telefonat mit ganz oben – Urlaub genehmigt – Wichtel bereit zur Wiederaufnahme der Arbeit – der Alte pocht auf alleiniges Verfügungsrecht über den Weihnachtszauber – Wichtel lenken ein – alle einig: jetzt muss in die Hände gespuckt werden – Weihnachten soll stattfinden – hoffentlich schaffen wir das – drückt uns die Daumen – vielen Dank auch – apropos: Geht doch mal nach draußen und schaut in den Himmel – tschüs!"

Der Funkspruch war zu Ende.

„Wir haben verstanden!", rief Kai ins Mikrofon. „Toll gemacht! Herzlichen Glückwunsch."

„Was meint er denn mit in den Himmel schauen?", wunderte sich Anastasia.

Da sprang Iwan auf und begann zu bellen.

„Was hat er bloß?", wunderte sich Anastasia.

Kai zuckte mit den Schultern: „Er will raus."

„Ich auch", sagte Anastasia.

Kai griff nach seinem Anorak. „Also los!"

„Wo wollt ihr denn hin?", rief Onkel Ernst. „Ich hab Neuigkeiten für euch. Gerade kam es in den Fernsehnachrichten. Einige von den gestohlenen Weihnachtsbäumen sind wieder zurückgestellt worden. In einigen Großstädten sind plötzlich wieder Lichterketten über den Straßen gespannt, und … Was ist das denn!"

Onkel Ernst war jetzt am Fenster und schaute nach draußen. Kai, Anastasia und Iwan rannten aufgeregt in die Mitte des Fabrikhofs und starrten in den Himmel.

„Wahnsinn", sagte Anastasia. „Der Weihnachtsstern!"

„Ein Komet aus Glitzerstaub!", sagte Kai.

Der Komet schimmerte immer heller und zerplatzte plötzlich wie bei einem Feuerwerk. Ein Schriftzug erschien: KAI UND ANASTASIA, WIR DANKEN EUCH! FROHES FEST! Die Schrift wurde immer größer, strahlender und bunter. Dann verwischte sie und ballte sich zu einer bunt glänzenden Wolke zusammen.

Die Wolke senkte sich. Auf ihr stand Michaela Cherubina. Auch sie strahlte ziemlich toll in ihrem Glitzerkostüm.

„Die zieht ja 'ne ganz schöne Show ab", meinte Anastasia beeindruckt. Kai nickte begeistert. Iwan bellte aufgeregt. Ungefähr zehn Meter über ihnen machte die Wolke Halt. Michaela Cherubina hob die Arme und warf ihnen etwas zu.

Ein paar Gegenstände senkten sich herab. Alles glänzte so heftig, dass Kai und Anastasia sich die Augen reiben mussten, bevor sie erkennen konnten, um was es sich handelte. Die bunte Wolke stieg wieder nach oben, ihr Glanz verblasste und sie verschwand im Himmel.

Es waren wirklich ulkige Geschenke. Nicht etwa Weihnachtsmänner aus Schokolade oder Tannenbäumchen, nein, die Wichtel hatten sich etwas anderes überlegt: Vor ihnen im Schnee standen vier Figuren in buntem Silberpapier, unter dem sich zweifellos leckere Schokolade verbarg. Sie waren so groß wie die größten Schokoweihnachtsmänner im Supermarkt und trugen rote Zipfelmützen. Nur eine hatte einen Bart, das war die von Onkel Ernst. Die von Iwan hatte einen kleinen Knochen aus Marzipan um den Hals, die von Anastasia riesige Stiefel an den Füßen und die von Kai eine verflixt große Brille auf der Nase. Man konnte sehr gut erkennen, wer gemeint war.

„Verrückt", sagte Anastasia und hob ihre Figur auf.

Iwan glotzte den Schokohund verständnislos an. Anastasia nahm die Figur von Onkel Ernst und ging zum Fenster, um sie ihm zu zeigen.

Kai hob den Iwan aus Schokolade auf, dann sich selbst und folgte ihr.

„Gut getroffen", sagte Onkel Ernst anerkennend, als er den Schoko-Ernst betrachtete. „Sieht sehr gesund aus."

„Tja", sagte Kai und schaute auf den Schoko-Kai, den er vor sich auf die Fensterbank gestellt hatte: „Ist bestimmt lecker, aber ich werde es wohl kaum jemals übers Herz bringen, mich selbst aufzufuttern."

„Oh“, sagte Anastasia. „Wie wär’s, wenn wir tauschen? Und wenn’s dann so weit ist, dann knabbere ich an dir und du an mir.“

Kai riss die Augen auf und starrte sie erschrocken an.

Onkel Ernst schmunzelte: „Keine Angst, mein Junge, noch ist nicht aller Tage Heiligabend.“

„Aber Weihnachten ist übermorgen“, sagte Anastasia.

„Wuff!“, bellte Iwan. Er hatte gerade den Marzipanknochen am Hals des Schokohundes entdeckt.

Anastasia lachte: „Iwan hat sich selbst zum Fressen gern.“

Dann hielt sie Kai ihre Figur hin. Zögernd nahm er sie entgegen.

„Ich werde sie aber erst mal aufbewahren“, sagte er.